あらわになった上半身に昂大はキスをし、唇と指とで両方の乳首を愛撫していく。刺激によってそこがぷっくりと尖るのはすぐだった。

カフェ・ファンタジア

きたざわ尋子《じんこ》
ILLUSTRATION：カワイチハル

カフェ・ファンタジア

LYNX ROMANCE

CONTENTS

カフェ・ファンタジア

その男と目が合った瞬間、全身が痺《しび》れたようになって動けなくなった。

従業員くらいしか来ないはずの、エスカレーター裏にある休憩所へと繋《つな》がるドアの前。なぜか若い男がロビーのほうからやってきて浩夢《ひろむ》に近づいてくる。

確実にいくつか年上だろうその男の目は、まるで獲物を見つけた猛獣のように見えた。

「おまえ美味《うま》そうじゃん」

高揚感が滲《にじ》み出たような口調に、ぞくりとした。

切れ長の目は鋭く、背が高い。前に立たれると威圧感で腰が引けそうになったが、実際に逃げるより先に後ろの壁へと押しつけられ、顎《あご》を取られた。

なにを、と思う間もなく唇《くちびる》を塞《ふさ》がれ、舌を入れられる。

焦点があわずにぼやけた視界は、すぐにまぶたで覆われた。意識してそうしたわけではなかった。

物陰とはいえ、真っ昼間のホテル内だ。誰か気づいてくれと思う一方、こんなところを見られたくないとも思った。

初対面の男にされていいことじゃない。必死で抵抗しようとした途端、頭がくらりとして膝《ひざ》から力が抜けていった。

「あ？　おいっ！」

意識が遠くなるなか、浩夢は焦《あせ》ったような男の声を聞いた気がした。

目を覚まして最初に見たのは白い天井だった。慣れ親しんだクリーム色でも、ようやく最近になって馴染《なじ》んできた木目の天井でもなかった。

麻木《あさぎ》浩夢はこの春に高校を卒業し、箱根《はこね》のホテル——ようは温泉旅館に就職したばかりだ。就職すると同時に、三歳のときから暮らした施設を出て社員寮で一人暮らしをしている。毎朝、木目の天井を目にするようになってまだ二カ月とたっていないが。

「麻木くん」

聞き覚えのない男の声に反応して右に顔を向けようと思ったが、身体は異常なほど重くて、ほんのわずかしか動かなかった。

それでも目だけ横に向けると、男が近くに座っているのが見えた。

外国人だろうか。見た感じはそうとしか思えない風貌《ふうぼう》だ。色が白くて目が薄いブルーで、ファンタジーゲームに出てくるキャラクターのように顔立ちが整っている。淡い色の金髪は長く、後ろで縛っているようだ。年は二十代後半だろう。

普通の格好をしているのが不思議なほど現実味の薄い人だと思った。

「麻木浩夢くん？　状況がわかるかい？」

問われて浩夢は少し考えた。

ここはどこだろうと思って視線を巡《めぐ》らせ、自分の左腕からチューブが伸びて点滴のパックへと繋がっているのを見つけた。

そうしてようやく思い出す。浩夢は職場であるホテルの一角で倒れたのだ。

「あ……」

意識を失う前に、見知らぬ男にキスをされたことも思い出す。その後の記憶はないが、病院に運ばれたということらしい。

あれは一体なんだったのか。新手の痴漢か、いやがらせか。いや、いやがらせされるような覚えはなかった。なにしろ初対面だし、言葉を交わす前から狙《ねら》いを定められていた気がしたのだ。

「思い出した？」

「……一応」

発した自分の声があまりにも小さく掠《かす》れていて、浩夢自身が驚いてしまった。静かな室内でなかったら聞こえなかったかもしれないと思うほど弱々しかった。

「君はホテルのなかで倒れて、救急車で運ばれたんだ。ここは小田原《おだわら》にある病院だよ。君が倒れてから丸一日たってる。彼も心配してたよ」

美形の外国人が視線を向けた先に、あの男の姿があった。ドアの横の壁にもたれて、じっと浩夢を見ていた。

あらためて見ると、この男も相当整った顔をしていることがわかる。あのときは目つきの鋭さが印象として強すぎて、顔立ちそのものを意識する余裕はなかったのだ。

全身で警戒してしまうのは当然だろう。出会い頭に男に無理矢理キスするような人間の前で、暢気《のんき》に寝てはいられない。

だが身体《からだ》は思うように動かなかった。

「救急車を呼んだのは彼だよ」

「そう、ですか……あの、ええと……ありがとうございました」

被害を受けた身とは言え、男の対処には素直に感謝することにした。もとから体調は悪かったので、倒れたこととキスは関係ないと理解しているし、あのまま放置されていたらいつ発見してもらえたかわからなかった。もっとも目の前で人が倒れたのだから、救急車を呼ぶくらい人として当然だろうが。

言われたほうは少なからず驚いていた。どうやら彼としては、浩夢が礼を言うとは思っていなかったらしい。

「昂大《こうだい》、悪いけど呼んできてくれるかな」

「こうだい？」

「うん。この子は嘉嶋《かしま》昂大っていうんだ。君より三つ上」

「……二十五、六だと思ってた」

思ったことをそのまま口にしたが、昂大は眉《まゆ》一つ動かさなかった。言われ慣れているのかもしれないし、そもそも気にしていないのかもしれない。子供っぽく見られるよりはずっといいはずだ。十八歳とはいえ社会人なのに、宿泊客から高校生のアルバイトだと思われる浩夢よりはマシに決まっている。

昂大は黙って病室を出て行った。

「誰か来てるんですか？」

「うん。でも君の関係者には、もう少し待ってもらおうと思ってる。まずはこちらの話を聞いてもらいたいからね」

なんだか状況がよくわからなかった。これから聞くという話だけでなく、いろいろとわからないことが多すぎる。

「あの、すみません。まず、あなたがどなたか聞いてもいいですか？」

「ああ、そうだよね。僕は佐々木《ささき》ラルフといいます。僕自身のことは追い追い説明するけど、とりあえず君のお父さんの親友だった者だよ」

「え？」

思ってもこなかった言葉を突きつけられ、浩夢はひどく戸惑った。

「残念ながら、君のお父さんは十年くらい前に亡くなってるけど」

申し訳なさそうなラルフに、なにも言えなかった。

いきなりそんなことを言われても理解や感情がついていかない。しばらく病室には沈黙が流れていたが、ラルフは先を急ごうとはしなかった。

浩夢は母親のことすらうっすらとしか覚えていない。父親はどこの誰かも知らなかった。残っているのは母親の写真が数枚だけなのだ。

ゆっくりと与えられた事実を咀嚼《そしゃく》して飲み込んでいく。亡くなったと聞いても、驚きや悲しみはない。もともと自分にはいないと思ってきた存在だし、いつか会えるかもしれないだなんて夢を抱いたりもしなかったからだ。自分と母親が捨てられた可能性を思って、自らにブレーキをかけてきたことは否定できなかった。

ラルフの顔を見て、浩夢はふと疑問を抱いた。

年かさに見積もってもせいぜい三十代の前半にしか見えない男と、浩夢の父親が親友だったというのは、にわかには信じがたい。だが年の離れた相手と親友というのもあり得ないことでもないので黙っていることにした。もしかしたら父親がかなり若いうちに浩夢の母親と出会った可能性もある。

「佐々木さんってハーフなんですか？」

「まぁそういうことになっているけど、日本人の血は入っていないねぇ」

「なっている、って……」

「それも追い追いね」

にっこりと笑うと作りものめいた印象が薄まって、一気に親しみやすくなった。それでもファンタジー世界の住人のような見た目から流暢《りゅうちょう》な日本語が出てくるのは違和感があった。

「日本語上手ですよね」

「まぁ、長いこと使ってるから」

「日本生まれの外国人さんですか？　俺の、父親も？」

「僕も君のお父さんも、生まれは日本じゃないよ。そこは薄々気づいてた？」

「まぁ、自分の見た目でそうかなって」

栗色《くりいろ》の髪や肌の色の白さ、そしてアンバーの目や顔立ち。西洋と東洋が混じっているのは、誰が見ても明らかなのだ。ただし骨格は母方を受け継いだようだし、童顔なところも似てしまったようだ。

ラルフは浩夢を見て、懐かしそうな目を細めた。

「君はユベール……お父さんに似てるよ」

「そうですか」

いきなり父親の名前を出され、心のなかでそれを繰り返してみる。だがやはり感慨のようなものは浮かんで来なかった。

疑問はつきない。父親の親友だというが、相変わらずラルフが何者かはわからないし、どうして目の前にいるのかも不明だ。わかるのはラルフたちから悪意や害意を感じないことだ。あの昂大ですらむしろ好意的な気配を感じた。

彼の行動自体は問題だったが。

「ところで、体調不良の理由はわかる?」

「いえ。医者にもわからなかったんです」

「うん、そうだろうね。結論から言うと君は病気じゃない。対処方法はわかってるんだ」

「でもずっと体調が悪くて……」

寮に入って二週間ほどたったころから、異変を感じていた。ふらついたり、だるかったり、身体が重かったり。人にもよく顔色が悪いと言われた。

そしてどうしようもない飢餓《きが》感があった。空腹感とは少し違うのだ。なにか腹に入れれば膨《ふく》れたし、膨れればもう食べものは口に入らなかった。なのに瘦《や》せていく一方だったし、食べても食べてもけっして満たされなかった。精神的なものではなく、あくまで身体的なものだった。本能的に自分に必要なものが足りないのだと感じていた。

一度近所の医者を受診したのだが原因はわからず、精神的なものでしょうと言われて薬を処方された。もちろん薬を飲んでみても症状は少しも改善されなかった。

「そうだね。ずっとお腹《なか》がすいていた……少し違うかもしれないけど、そういう飢餓感みたいなものがあっただろう？」

「そ……そうです……！　どうしてそれ……」

「君はユベールと同じ体質なんだと思う。いまから話すことは、嘘《うそ》でも冗談でもないよ。ちゃんと受け止めて、納得してもらわないと、根本的な解決にはならないんだ。応急処置はしてあるけど、なにもしないでいたら、君の命にかかわるからね」

「でも病気じゃないって……」

命に関わると聞いて、少し怖くなる。異変や異常をいやというほど感じていたからこそ、命という言葉が重く感じられた。

「うん。だから体質の問題。君たち親子はね、普通の食べものを口に入れてるだけじゃ、生きられないんだ」

「は？」

「そういう家系なんだよ」

「家系……？」

「君の場合はね、夢を食べる必要がある」

「はい？」

あやうく素《す》っ頓狂《とんきょう》な声が出そうになったが、幸か不幸かいまの浩夢には力がなくて、小さな声になっただけだった。

意味がわからない。言われたことが、なに一つ頭に入ってこなかった。

ラルフの表情は真剣そのものだ。穏やかな顔をしてはいるが、まっすぐに浩夢を見つめて小さく頷《うなず》いていた。

嘘でも冗談でもないなら、目の前の人は頭がおかしいのか。あるいは浩夢の知らない変な思想に染まっているのか。

どうしようと目を泳がせていると、ラルフは困ったように苦笑した。

「なにを考えているか、だいたいわかるけど……そうだね、信じられないのは当然だから、一つ見てもらおうかな」

そう言ってラルフは窓があるほうを指さした。するとカーテンが両サイドから中央へと向かって動き始めた。

「え……」

誰も触っていないのに、あっという間にカーテンは閉まり、すぐにまた元のように開いていく。遮《さえぎ》られていた外からの光が差し込んできて、浩夢はまぶしさに目を細めた。

病室のカーテンは窓の両サイドで布の束になり、だらりと垂れ下がっていた紐《ひも》があり得ない動きでそれをまとめ、なにごともなかったように動かなくなった。

まるでそこに誰かがいるようにカーテンは閉じ、開き、そして留められた。

声も出せず、浩夢はそれを見ていた。

「まぁ、こんな感じ。トリックはないよ。見ればわかると思うけど、普通のレールだし糸もついてないよね？」

恐る恐るラルフを見ると、目の前に空のコップが差し出される。そこにみるみるうちに水が湧《わ》き出て、縁から二センチくらい下で止まった。

「空気中の水分を集めてまとめてみたよ。除湿するときにもいいいんだよね。洗濯ものも、あっという間に乾くし」

「て……手品……」

テレビでマジックを見ている気分になって、気がついたらそう呟《つぶや》いてしまった。だが頭のなかでは、そうじゃないだろうと思い始めていた。

ラルフは苦笑すると、コップは跡形もなく消えた。

「だから仕掛けはないんだって。これはね、いわゆる魔法だよ。一定以上の質量のものは無理なんだけど、まぁ家のなかで家具を移動させるくらいは可能」

「魔法、って……」

顔が引きつり、乾いた笑いが漏《も》れる。いい大人が真顔で言うことではないのに、笑い飛ばしきれない自分がいた。

「うん。僕の家系はね、こういう能力があるんだ。家系と言っても、僕以外は誰もいないみたいなんだけど。わかりやすく言うと魔法使いってことだよ」

「それは、三十歳まで童貞だとなれるっていう噂《うわさ》の……」

「違います。すごいなぁ浩夢くん、冗談言う余裕あるんだね」

「いや、なんていうか……現実逃避……？」

遠い目をして天井を見つめていると、ドアをノックする音がした。

「どうぞ」

スライド式のドアが開いて、そこから紳士然とした男が現れた。年は五十代後半から六十代前半といったところで、社会的地位が高そうな印象を与えてくる。穏やかそうで、浩夢と目があうとにっこりと笑みを浮かべた。

その後には赤ん坊を抱いた女性が入ってきた。三十歳前後で、こちらも浩夢の知らない人だ。彼らを連れてきた昂大は、先ほどと同じ場所に背を預けた。

ここへ来て浩夢はようやく、ここが個室であったことを意識した。人生経験が少ない浩夢だって、この手の部屋が高額であることくらいは知っている。

「あ、あの、この部屋って……」

「大丈夫。入院費なんて請求しないから、安心していいよ。こちらは篠塚《しのづか》さんといってね、ここの経営者さんだから」

「は？」

「向修会《こうしゅうかい》グループって知らない？　あちこちに病院とか介護施設とかがあるんだけど」

「し……知ってます……」

浩夢が育った街にも向修会の病院はあり、地元で一番規模が大きく設備も整っていた。施設にいた子が入院したことがあるので覚えている。

「はじめまして、だね。後でゆっくり話そうね、麻木くん」

「まずは先にこっちをすませようか」

ラルフは言いながら立ち上がり、赤ん坊を抱いた女性に椅子《いす》を譲った。篠塚という男性は、室内にあるソファに腰を下ろしていた。

理解が追いつかない。浩夢は思うように動かない身体でなんとか会釈《えしゃく》に近い動作をするのが精一杯だった。

「とにかくその赤ちゃんに触ってみて」

「は？」

「いいから」

意図がわからず戸惑っているうちに、女性が抱いていた赤ん坊を脇腹《わきばら》のあたりに寝かせ、どうぞと言ってきた。

そしてわけもわからないまま、赤ん坊の手に指先で触れることになった。

柔らかで温かい、その懐かしい感覚に自然と表情が緩《ゆる》む。施設にいたころ、たまにこうして赤ん坊を抱いたりあやしたりすることがあったのだ。常に赤ん坊がいたわけではないが、それでも十数年の生活のなかで、何人かが施設に来ては引き取られていった。

「騙《だま》されたと思って、イメージしてみて。この子の夢を取り込む感じで」

「えっ……」

とっさに浩夢は手を離していた。まじまじとラルフを見つめ、それから室内にいる人たちを見た。

誰一人として怪訝《けげん》そうな顔をしている者はいない。浩夢以外の全員が当たり前のことを聞いたような態度だった。

「さっきも言ったけど、君は人が眠っているあいだに見る夢を喰《く》わなきゃ生きられない」

「いや、あの……」

「意識して触れれば相手の夢を確認できるし、やり方さえ覚えればその夢に干渉もできるよ。君がこの年まで無事に生きて来られたのは、無意識に喰ってきたからだよ。生命維持に最低限って程度だけどね」

「そんな覚えは、ない……です」

「だから無意識にだよ。君のお父さんがそうだったんだけど、子供のころは普通の食べものだけで大丈夫だったんだ。で、二次性徴が終わりかけたあたりで夢を喰わないとダメになった。だから君もそうだったんじゃないかな。君は施設にいたころ、年少の子たちの面倒《めんどう》をよく見てたんだってね。寝かしつけたり、添い寝したり、してただろう？」

「あ……」

「たぶん偶然とはいえ、それで命が繋がった。寮で一人暮らしになって、供給が断たれて体調が悪くなっていったんだよ」

　到底信じられる話ではないはずなのに、浩夢のなかには納得している自分もいた。そもそもこんな嘘をついて浩夢を騙すメリットなどないはずだし、ラルフが見せた超常現象は確かに仕掛けらしいものがなかった。

「この子に悪い影響はありませんから、どうぞ遠慮なさらず」

　女性に微笑《ほほえ》まれ、思わずラルフを見ると大きく頷かれた。

「君のお父さんもそうだったから、大丈夫。施設の子たちで異変が起きた子はいなかっただろ？」

「……たぶん」

ふたたびそっと触れて、夢を感じ取ろうと意識してみると、ふわふわした漠然としたイメージが伝わってきた。赤ん坊だから具体的な映像や出来ごとを夢に見ているのではなく、抽象的なものなのかもしれない。

次にこれを喰って――いや、取り込んでみようとイメージを膨らませる。するとなにかがすうっと浩夢のなかに吸い込まれてきた。

「あれ……？」

身体が少し軽くなった。簡単に腕が持ち上がり、起きようとすれば起き上がれそうな気がした。なにより、あれほど悩まされてきた飢餓感が薄くなっているのがわかる。

浩夢は自分の手を握ったり開いたりして、力の入り具合を確かめた。

ラルフは目を細めて頷き、女性を見た。

「ありがとう。もういいよ」

「では、失礼します」

女性は赤ん坊を連れて退室していくが、連れてきた昂大が送っていくことはなかった。

「あの人は……？」

「篠塚さんの部下というか、協力者だね。篠塚さんの病院は、いろいろなことのカモフラージュに利用させてもらってるんだ。だから入院費も個室の料金も心配しなくていいよ。さっきの彼女は普通の人と変わらないんだけど、定期的に来てもらうことになると思うから、覚えておいて。毎日食べる必要はないはずだけど、体調が戻るまでは少し間隔を詰めて摂食して欲しいんだ」

「はい……」

まだ半信半疑というのが本当のところだが、頭から否定する気はもうなかった。ただ確認したいことはいくつかあった。

「あの、聞いていいですか」

「うん？」

「俺のこと調べたんですか？　それともずっと前から知ってたんですか？」

「調べたんだよ。君のことは今回の件で初めて知ったんだ」

「そうですか……。あの、もう一つ……俺、っていうか、みなさん……人間じゃ、ないってことですか？」

「人間だよ」

意を決して尋ねたというのに、返ってきたのはとても軽い答えだった。覚悟をしていたのに、まるで肩すかしを食らったような気分だ。

「でも、夢を喰うとか魔法とか……」

「特異体質なだけだよ。いろんなタイプがいるんだ。特異性を持たない人たちが、それを化け物だとか人外だとか言っただけでね。僕たちはとても古い時代の血が、たまたま濃く出ちゃっただけだ。ある意味、進化し損ねちゃったんだよね」

「古い血……」

「数はとても少ないし、減る一方なんだよ。君のように見つけてあげられずに、死なせてしまった子たちも多いんだと思う」

手がかりは滅多《めった》になく、直接会って接触してみないことには判別もつかない。浩夢も見つけてもらえなかったら、あのまま原因不明で衰弱死していたのだ。

「……あれ？　それじゃ、あの人があそこにいたのって偶然？」

ちらりと昂大を見ると、ずっと浩夢を見ていたらしい彼と目があってしまった。慌てて視線を逸《そ》らしてラルフに目を向けると、少し困ったような顔をされた。

「なんていうか……偶然ではないんだけど、君の情報をつかんでたわけでもないんだ。そのあたりもまぁ、追い追いね。僕たちは、古い血を持つ子たちを保護して支援するために動いてる。だから遠慮しなくていいよ。君のお父さんも、僕らの仲間だったしね」

「は……はい」

実感はまだ湧かないがそれは理性の部分がそうさせているだけで、感覚的にはもう受け入れてしまっている。

「そうだ昂大。ちょっとおいで」

ラルフに手招かれ、ようやく昂大は壁から離れた。そうしてベッドサイドに来ると、軽く背中を叩いてなにかを促された。

すると昂大はガリガリと頭をかいて、少しバツが悪そうに言った。

「あー、その、なんだ……いきなりキスして悪かったな」

「はっ……？」

思わず声が出た。さっきまでと比べると声にも力が戻っていることを自覚させられる。だがいまはそれどころではなかった。

第三者がいる前でこの男はなにを言い出すのか。せっかくなかったことにしてやろうとしていたのに、どういうつもりなんだろうか。

呆気《あっけ》にとられて見つめていると、ラルフが苦笑しながら言った。

「昂大はね、人の欲望って言われてるものを喰わないとダメなんだ。麻木くんって、昂大に会ったとき、わりと極限状態だったわけでしょ？　飢餓状態で」

「あ……」

「ある意味、食欲ＭＡＸというか、針が振り切れてたようなものだから、引き寄せられちゃったみたいなんだよね」

「実際美味かったしな。キスしてる最中に、あれ、これって仲間じゃね？　って思ったんだけどさ、後でいいかって」

昂大が自らの食事を優先させているうちに浩夢が倒れてしまったらしい。そこで篠塚に連絡をし、一番近いこの病院に入れるように手配してもらったのだという。

篠塚を見ると、彼はにこにこしながらただ話を聞いていた。キスしたという話に動じていないどころか、孫でも眺めているような優しい顔をしている。

どうやら浩夢の常識は通用しない空間のようだ。小さく嘆息し、ふたたび昂大に目をやった。

「……一つ聞きたいんだけど」

「俺にか？」

「そう。キスしないと喰えないの？」

「いや別に。ぶっちゃけ触らなくても、喰おうと思っただけで喰える」

「じゃあなんで！」

別にあれがファーストキスだったとは言わない。覚えている限り浩夢の初めてのキスは同じ施設にいた女の子だったし、ある程度大きくなってからさんざん子供らに勝手にされてきた。それらがカウントされないなら、当然昨日のキスもカウントされないはずだし、されるなら、間違いなくファーストキスは五歳のときになる。そのはずだと、浩夢は自らに言って聞かせた。

昂大は少し考えたあと、ほとんど表情も変えずに言い放った。

「したかったから？」

「答えになってない！」

叫ぶと同時にベッドから起き上がり、噛《か》みつかんばかりの勢いで睨《にら》みつけたというのに、昂大はむしろ楽しげに目を細め、口の端を上げるだけだった。

絶対にこの男とは相容《あいい》れない。そう思いながら、浩夢はラルフの宥《なだ》める声を聞いていた。


めまぐるしい二週間だった。

あれから間もなく浩夢は転院し、東京《とうきょう》にある向修会の病院に入った。そうしてついさっき退院したところだった。

衝撃の事実を聞かされ、今後の身の振り方について提案され、毎日の食事で体力を回復させながら、いろいろなことを考えた。

たいして長くもない人生ではあるが、これほどまでに衝撃と激変に見舞われたことはなかったし、おそらくこれからもきっとないだろうと思っている。

文字通り、人生が変わった。それどころか、自分という存在そのものへの認識ががらりと変わってしまった。

あれこれと考えて、浩夢はラルフたちの提案を受け入れた。

勤め先は結局たったの二カ月で辞めることになった。療養が必要との診断が出たことにより、雇用先との協議の結果そうなったのだ。迷惑をかけたというのに、職場の人たちにかなり同情してもらい、ひどく胸が痛んだことは記憶に新しい。

本当のことなど言えるはずがなかったから、それは仕方なかったのだけれども。

「人生って、わかんないですよね」

「そうだねぇ」

ハンドルを握る男——ラルフが今日から浩夢の雇用主になる。のんびりと相づちを打った彼がどこまで本気で同意しているのかは不明だが、深く気にするほどのことでもないだろう。

後部座席で小さな荷物とともに運ばれながら、浩夢は窓の外へと視線を投げた。車が多くて、早くも辟易《へきえき》してしまった。浩夢が育った場所とは空気からなにから違っている。果たして馴染めるだろうかと少し不安になった。

「ところで体調はどうかな」

「絶好調です。身体ってこんなに軽かったんだ、ってびっくりしてます」

げっそりと痩せていた身体も元に戻り、肌もつるつるで、髪も天使の輪ができるほどいい状態だ。ぼんやりしていて眠そうと言われていた目元はぱっちりとし、表情にもあからさまな違いが現れている。鏡を見て、自分はこういう顔だったのかと少し驚いたほどだった。

そして全体的に生気が満ち、歩き方や話し方にまで違いが出ているようだ。元の体調に戻るどころか、生まれてこの方感じたこともないほど気力と体力があふれていた。生まれつき身体が弱いのだと思ってきたが、そうではなかったらしい。

「見違えたもんねぇ……ますます若いころのユベールに似てきたよ」

「効率の悪い『喰い方』してたせいですよね」

「うん。ギリギリだったもんね。ほんとによかった」

無意識に最低限の夢を吸収するのと意識して喰うのとでは、まったく満足感が違うことを知った。十分な食事は身体にもいい影響を与えてくれている。

だからこそ、浩夢はこうして環境を変えることにしたのだ。

睡眠中の人に触れる機会など普通はあまりない。状況や職種が非常に限られてしまう。もちろん篠塚の部下やラルフが世話している仲間たちに頼めば食事することは可能だろうが、事情をわかっている人たちが近くにいたほうが確実だ。

そして浩夢にはあることが期待されている。

曰《いわ》く、他人の夢に入って干渉できるようになって欲しい、とのことだった。干渉というのはつまり、夢のなかで話しかけたり行動を促したりということだ。もしかしたらその力が、いつか自分や仲間たちに役立つかもしれないと。

浩夢がラルフの提案をすべて受け入れたのは、ひとえにそのためだった。自分が救ってもらったように、自分も仲間たちを救ったり役に立ったりしたかった。

「あ、それでね、やっぱり同居人は昂大になっちゃったよ」

「あー……はい、覚悟はしてました」

溜《た》め息《いき》はついたものの、事前に可能性は高いと言われていたことだ。理由もわかっているから、ここは妥協するしかなかった。

「合意なしではなにもしちゃダメ、って言い聞かせてあるから。ああ見えて、約束はちゃんと守る子なんだよ。悪い子じゃないから、ね？」

「まぁ、そうかも……ですね」

もう何度も言われているので苦笑しながら頷いた。

浩夢の同居人になるということは、すなわち夢を喰わせる役目を負うということだ。それ自体はさして問題ではなかったという。ただ浩夢が夢に干渉するための練習台になることには、ほかの誰も了承してくれなかった。まだ見ぬほかの仲間たちは、夢を見られたり知られたりすることに対して難色を示したわけだ。

　気持ちはよくわかる。夢は非常に無防備でコントロールができないものだ。願望が反映されることもあるだろうし、記憶が再現されることもあるだろう。つまり自分の心のなかを覗《のぞ》かれるようなもので、人に見られるのをいやがるのは当然だ。むしろ了承する昂大のほうが変なのだ。

「いまは大丈夫？　おなかすいてない？」

「夢のほうは問題ないです。普通のご飯のほうは、ちょっとすいてます」

「だよね。じゃあどこかで食べて行こうか。ついでに買いものもしよう。ちょっと買いたいものがあるんだ」

　柔らかいが有無を言わせぬ口調に押され、浩夢はランチと買いものに連れて行かれることになった。浩夢がこれまで入ったことがないような洒落《しゃれ》たカフェレストランでランチを取り、接客をよく見るように言われて観察することになった。食事がてら、新たな仕事のための勉強をと思ったらしい。その後はラルフの買いものに付きあった。

　女性ものしかない店に入っていったときは、口には出さなかったが困惑した。女装趣味でもあるのかと疑ったのだが、頼まれただけと知って安堵《あんど》した。身の置きどころがなかったので店の隅で待っていたが、待つ時間はとても長く感じた。

それからラルフは数カ所の店で何着も男ものの服を買い、ついでだと言って浩夢にも試着をさせて服を買った。

そんなことをしているうちに何時間もたってしまったのだった。

両方あわせても二時間足らずで終わるだろうと思っていたのに、ラルフが「帰ろうか」と言い出したときは夕方の四時近くになっていた。

三十分近くかけてようやくたどり着いた先は、今日から浩夢の職場兼住居となるビルの近くだ。百メートルほど離れているらしい契約駐車場に車を停《と》め、歩いてビルへと向かう。荷物は車のなかに置きっ放しかと思ったら、一瞬で浩夢の目の前から消えた。

「物質を移動させるやつの応用なんだ。いろいろ便利なんだよ」

「……ですよね」

いまさら驚くまいと頷きながら、浩夢はラルフに着いていった。

都内でも指折りの繁華街の一角は、見渡す限りビルだらけで圧迫感がある。ファッション関係や雑貨を売る店、あるいは飲食店が並んでいて、ビルの下から上まで店や事務所がぎっしりと詰まっている印象だ。

ＪＲ《ジェイアール》も地下鉄も通っていて、駅からは歩いて五分強だと説明された。二十四時間営業のスーパーマーケットも歩いて行ける距離にあるそうだ。コンビニ店はよりどりみどりだという。

「ここだよ」

言われて見上げた雑居ビルは、七階建てのそこそこ新しそうな建物だった。一階がパワーストーンの店らしく、二階がなんらかのコンサルタント会社、三階と四階が浩夢の職場となるカフェレストランだ。

「五階以上が寮というか、みんなの住居だよ。荷物はもう運び込んであるから、とりあえず店に行ってもいいかな。遅くなっちゃったから、開店準備がてら説明するよ。紹介もしないとだし」

「はい」

働くのは明日からだが、衣装合わせをするとは言われていた。

就職先である〈カフェ・ファンタジア〉は、いわゆるコンセプトレストランという業態を取っているという。店名通り、世界観がファンタジーなのだ。そのためフロアスタッフは制服ではなくそれぞれの衣装を身につける。

エレベーターで三階へ上がり、扉が開くと雰囲気はがらりと変わった。

照明を抑えた空間はエレベーターホールで、正面には入店するための重厚なドアがある。木製でアンティーク加工がしてあり、黒鉄《くろがね》の装飾やドアハンドルも雰囲気を出していた。

「従業員は裏から入るんだけど今日はこっちも見てもらおうと思って。掃除もできるし」

そう言いつつもラルフはなにもしないで店に入っていく。通りがかるついでに埃《ほこり》やゴミを片付けてしまったのだろう。

店内もまた光量は抑えられており、煌々《こうこう》と明るいわけではなかった。壁はほぼすべてが本棚になっていて、それが高い天井まで続いている。三階と四階は一部が吹き抜けで、壁に沿って階段が伸びて四階部分がバルコニー席のようだ。シャンデリアに使われているのはロウソク型のLEDだろうが、ゆらゆらと揺れて本物に見えた。

「ヨーロッパの古い教会にある図書館、っていうイメージなんだ」

「ああ……」

行ったこともみたこともないがコンセプトを説明されて納得した。席数は三階が四十席、四階が十六席だと説明された。

「おはようございまーす」

「おはよう」

バックヤードから、ぞろぞろと従業員が現れた。男性二名と女性一名が、それぞれの出《い》で立《た》ちでこちらを見てくる。

浩夢はとりあえず頭を下げた。

「麻木浩夢です。よろしくお願いします」

「紹介するよ。狼《おおかみおとこ》男の格好してるのが、木下明剛《きのしたあきたけ》」

「どうも」

にこにこ笑いながら手を振る男は、見た感じは二十歳やそこらに見えた。身長もそう高くはなく、だいたい浩夢と同じくらいだろう。そして年相応ではあるが、どちらかと言えば童顔で、人なつっこそうな印象だ。頭には犬っぽい耳が、そしてボトムの尻《しり》からはふさふさとした尻尾《しっぽ》が下がっている。

「……あの、正直に言っていいですか？」

「うん、なに？」

ラルフに促され、浩夢は思ったことを口にすることにした。

「犬耳と尻尾つけただけですよね。狼男ってより、萌《も》え系のなにかになってませんか」

明剛が童顔なので、余計に子犬感が出てしまっている。どう見ても狼ではなかったしモンスターでもない。

「仕方ないんだよ。毛むくじゃらにするわけにいかないんだからさ。女性受け悪いし、そもそも飲食店なんだから清潔感がないと」

「モンスターに清潔感を求められても……」

「まぁとにかく次ね。隣にいるのが佐藤雪乃《さとうゆきの》で、雪女役だよ。体質もそれに近いものがあるから、彼女に熱いものとか持たせないでね」

ぺこりと頭を下げた彼女は見た感じは大学生くらいの、清楚《せいそ》な印象の女性だ。色が抜けるほど白くて、長い黒髪を後ろで縛っている。白を基調とした服装は着物ではあるが完全に改造がされていて、膝下にある裾《すそ》はひらひらとしたスカート状になっていた。

「雪女、後ろで髪縛ってるんだ……」

「飲食店で、腰までの長い髪そのままとか、ダメでしょ」

しかも着物は白い地紋があり、帯はデコラティブだ。印象としてはゴシックだった。ラルフの趣味かと思ったら違うという。今日は来ていないメンバーが考えているそうだ。

もう一人の男は吸血鬼がコンセプトらしいが、マントはなかった。曰く、給仕するのに邪魔だそうだ。最初はつけていたのだが、テーブル上の食器を引っかけたことがあり、以来外したらしい。代わりになぜかモノクルをつけている。見た感じは二十代なかばのインテリふうの男だった。

「なんていうか、いろいろ世界観が破綻《はたん》してる気がする……」

「それっぽければいいんだよ」

「そうそう。クオリティは二の次なんですよ。篠塚凛斗《りんと》です、初めまして」

「え、篠塚？」

覚えるある姓に思わず反応した。じっと顔を見るが、先日あった紳士とはまったく似ていない。どういう関係なのだろうという疑問が顔に出た。

凛斗はにっこりと笑った。

「篠塚の養子なんです。話は養父《ちち》とラルフから全部聞いてますし、なにかあればフォローしますので、遠慮なく言ってくださいね」

「は……はい。ありがとうございます」

凜斗は黙っていると冷たそうに見えるのに、かなり物腰が柔らかくてフランクな人物のようだ。

この前にいる人たちが見た目通りの年齢でないことはもう理解している。正確なところは知らないが、浩夢と昂大を除いた全員が最低でもプラス十歳ではあるらしい。特に女性にはそのあたりを突っ込むなと言われているので浩夢は素直に従った。

「でね、浩夢くんの格好は天使！」

「はぁっ？」

いくらなんでもそれはないだろうと浩夢はラルフに向き直った。いつの間にかラルフの手には真っ白で小ぶりな翼があった。

「羽根、ちっちゃ！」

「大きいのは無理なんだよ。通路通れないでしょ。テーブルの上のもの、なぎ倒しそうだし」

「それはそうですけど……いやいや、その前に天使はないですって」

「顔も中性的で透明感もバッチリで、似合うと思うよ。ずっと天使を導入したかったんだけど、天使って感じじゃない子ばっかりで」

ラルフなりのこだわりで、ずっと導入されずに来たらしい。顔立ちと背格好と雰囲気、どれを取っても浩夢はラルフの理想とする天使のようだ。

「そのかわり衣装は普通だから」

上はビクトリア調の白いシャツで、フリルは最小限にしたそうだが浩夢からみれば十分にデコラティブだ。オフホワイトの細身のパンツは、ぴったりとフィットしそうな伸縮性のある生地で同色の糸で刺繍《ししゅう》が入っていた。

全身白だ。生まれてこの方、したことがない格好だった。

「あとは羽根つけて、十字架のチョーカーするだけ」

「あの。まさか天使の輪っかはないんですよね？」

さすがにそれは浩夢のキャパシティをオーバーしてしまうので、一応確認してみた。

「ないよ。つけるとコントみたいになっちゃうからね。僕の力で輪っかを浮かせることはできるけど、どうやってるのって聞かれても困るし」

「……わかりました」

ここでダダをこねても仕方ない。雇用を始め、いろいろな支援を受けている身なのだ。翼の一つや二つ着けてみせようじゃないかと頷いた。

凜斗たちは予約の確認を始めたり、テーブルの上を整えたりし始めた。ラルフは厨房《ちゅうぼう》に浩夢を連れて行き、調理担当の二人の女性を紹介してくれた。どちらも見た目は浩夢より上の、おとなしそうな人たちだった。

「あ、それとまだ来てないけど、従業員はほかにもいるからね。フロアがあと二人。それから……」

「遅くなりましたー」

「え……」

バックヤードから入ってきたのは、夜になってから顔を合わせる予定の昴大だった。少しだるそうに軽く頭を下げ、それから浩夢を見てニヤリと笑った。もしかしたら普通に笑っただけかもしれないが浩夢にはそう見えた。

「元気そうじゃん」

言いながら近づいてくるので、つい距離を取ってしまう。

「……おかげさまで」

「じゃ早く喰わせろよ」

「それしかないのかよ！」

「ねぇよ？」

けろりと返されて浩夢は言葉に詰まった。呆《あき》れてものが言えないとはこのことだ。昴大は悪びれたところもなく、それがどうしたとばかりの顔をしている。

昂大と会うのは二週間ぶりだった。療養中はラルフによって接近禁止を申し渡され、居場所は知っていたらしいのだが本当に会いに来なかった。約束を守るというのは本当なのだろう。

「なんであんたがいるんだよ」

「今日から俺もここで働くんだよ」

「は？　いや、だって二階の会社で仕事してるって……」

事前にラルフからはそう聞いていた。階下のコンサルタント会社は、主に篠塚からの依頼を果たしているそうだが、堂々と事務所をかまえているので一般の相談ごとも受け入れてはいる。各種トラブルに対する相談を受け、解決に導くのが仕事だと聞いた。その際に特殊な体質と能力を生かすそうなのだが、昂大の場合は他人の欲望を感じ取り、喰らうついでに相手の行動をある程度操れるのだという。喰おうとするときに相手と繋がるので、それを利用するらしい。浩夢が夢に干渉できるよう求められているのは、こういった依頼に役立てばと期待されているからでもある。

そういう意味で、ほかの従業員も必要に応じてかり出されることがあるそうだが、少なくとも昂大は下の会社のみだと聞いていた。

胡乱《うろん》げに見つめていると、昂大は目を細めて笑った。

「おまえがいるなら一緒にやろうかと思ってさ。前からラルフには頼まれてたんだけど、面倒くせぇから放置してた」

「ひどいよねぇ。さんざんスルーしてきたのに、浩夢くんが働くって知った途端、やってもいいとか言い出すんだよ」

「…………」

ぞわりと怖気《おぞけ》が襲ってきて、顔にもそれが出てしまった。

肉食獣に狙いを定められてしまった獲物は、きっとこんな気持ちになるんじゃないだろうか。だが逃げ出すほど怖いわけでもない。むしろ立ち向かう気満々の浩夢だった。

「現金だと思わない？」

「しょうがねぇだろ。いままで美味いって思ったことなかったのに、こいつのはすげぇ美味かったんだよ」

「は？」

「そういうもんだと思ってたんだけどな」

それまでは、誰の欲望を食べても味のしないぼそぼそのパンをかじっているようなものだったと、昂大は自嘲《じちょう》気味に付け足した。だが浩夢を見た瞬間に美味そうだと感じ、舞い上がってあいうことになったらしい。

「気がついたらキスしてたんだよな。いや、参ったぜ」

「参ったのはこっちだよ」

「まぁ今後は合意なしにキス以上のことはしねぇから安心しろ。約束は守る」

「そもそも喰うのにそれ必要ないんだよね？」

「ねぇけど、おまえからはそうやって喰いたいんだよ」

「はぁっ？」

「顔も好みだし、身体もいい感じというか……すげぇそそる」

また背筋がぞわぞわしたが、誰一人として昂大の言動を諌《いさ》めようとはしてくれない。それどころか皆が微笑ましいものを見るような目をしていた。

やはりこの件に関しては味方がいないのだ。

「なんか、やっぱこいつと同居って不安しかないんですけど」

「と言われてもね、昂大しかＯＫしてくれないんだよ」

「終電間近の電車に乗ったら、居眠りしてるサラリーマンとかいますよね？」

浩夢自身には終電に乗った経験はないが、テレビかなにかでそういう人の映像を見た記憶がある。終電でなくても乗りもので寝ている人はいるはずだ。

だがラルフは可哀想なものを見るような目をした。

「いるけど、隣に座れるとは限らないし、自分は立ったまま寝てる人に触るのって傍《はた》から見たら危ない人だと思われるよ？」

「それは……」

「赤ちゃん相手じゃ食事はできても干渉するのは無理だし、病院に行って寝てる入院患者のところをまわるのも、ちょっと厳しいかなぁ。昂大が喜んで実験台になるって言ってるんだから、それで納得してくれると助かるんだけど」

「一応、してるんですけど……」

頭で理解していても、初対面のときの印象が強すぎて信用するのは難しい。ラルフの言葉に期待はしているが、気は抜けそうもなかった。

「ま、持ちつ持たれつで行こうぜ。おまえは俺の夢喰って練習して、俺はおまえの欲を喰う。ギブアンドテイクだろ？」

「そうだけど」

「だから早く、なんか欲持てよ。全然いまは感じねぇぞ。物欲でもなんでもいいけど、理想は性欲だな。十八なんだから、エロい方向に興味持てよ」

「余計なお世話だよ……！」

もともと無欲なタイプなのだ。物欲もなければ野心のたぐいもなく、基本的に衣食住が満たされていればそれで満足してしまう。指摘されたように性的な欲求もきわめて薄い質《たち》だ。睡眠不足にでもなればそちらの欲は生まれるかもしれないが。

「まぁいい。しばらくはテイク上等だ。そのうちたっぷり返せよ」

「言い方と顔がやらしーんだよっ」

「そりゃ、性的な意味も入ってるからな」

昂大は近くの椅子に座り、テーブルに頬杖《ほおづえ》を突いて浩夢を見つめてくる。捕食者の目が別の意味でもギラついていて、さすがの浩夢も少し怯《ひる》みそうになった。

ラルフも従業員たちも、完全な見守り体制だ。傍観者とも言う。男同士でこんな話題になっているのに、誰もそこに引っかかる者はいないらしい。

「なんで……？　皆どうしてそんなにナチュラル？」

「だってそういうものだからね」

横からラルフの声が飛んできて、浩夢は無言で意味を問いかけた。浩夢以外の全員が納得していることのようだった。

「なんて言うのかな、これも特性みたいなものなんだけど、性別のタブーはないんだよ。タブーがないというか、意識的に男女の区別をしてないというか」

「区別がない？」

「うん。価値観の違いだね。そもそも恋愛感情や独占欲より同族愛のようなものが強い傾向があるんだ。だからどんどん数が減っちゃったんだろうけどね」

「種族保存の本能みたいなものが薄いってことですか？」

「うん。浩夢くんも思い当たるところあるんじゃない？」

「……ありますね」

言われてみれば浩夢も同性愛にタブーを感じたことはなかったし、先に述べた通り性欲というものもきわめて薄かった。それどころか女の子を見ても、可愛《かわい》いなと普通に思うだけで、ときめいたこともなかった。

そして性欲に関してもきわめて薄かった。

「そういうわけだけど、君たちは君たちで好きにするといいよ。個への執着とか特別視が芽生えるのも興味深いことだからね。もしかすると新たな局面を迎えてるのかもしれないし」

言っている意味が浩夢にはよくわからなかったが、なんとなく観察されているような気分になった。温かく見守られているというよりは、生態を研究する対象にされてしまった感じだ。ただの興味なのだろうとはわかっているのだが。

「昂大、これが君の衣装ね」

昂大は平然と受け取っているが、彼の衣装にも羽根のようなものがついていた。ただし色は黒で、浩夢のとは違ってコウモリの羽根のような形状だ。服も黒が基調であり、そこにメタリックな飾りがついている。

「なんだよ、これ」

「悪魔。浩夢くんの天使と対《つい》って感じでいいよねぇ」

ラルフは空気を読めているのかいないのか不明の発言の後、一人で悦に入っていた。浩夢は無言だし、凜斗たちは聞いているのかも不明の態度だし、昂大は「なるほど」となぜか納得していた。

「二人ともサイズはあってるはずだから、今日はもういいよ。いま着てみたかったら裏で着てもいいけどね」

「ああ、そろそろ開店だな。行こうぜ」

「部屋は昂大に案内してもらってね。店が終わったら、また様子見に行くから」

時計を見るともう開店五分前だった。この店は五時半にオープンするらしく、すでにエレベーターホールには客が来て待っているようだ。予約が多いが何席かはフリーの客で、今日もテーブル三つ分が空いているそうだ。

浩夢は昂大に連れられ、店のバックヤードに行った。従業員休憩室の前を通って通用口から出ると、そこには階段があった。店と住居である五階以上を繋ぐ階段で、登録していないと階段は使えない仕様らしい。

「ここのロックってなに？　指紋？」

「指紋に見せかけた、特殊な生体認証。俺にも理屈はわかんねぇけど、本人であることを魔法かなんかで認識して開くんだってさ」

「ああ……」

もういちいち驚くことも疑問を抱くこともなく頷いた。よくわからない現象が当たり前のようにあふれているので、そういうものだと思うようになった。

指紋認証システムは普段はお飾りで、部外者の前でドアを開けねばならないときにだけ使用するものらしい。

昴大と二人きりなのはやや緊張したが、気取られまいとそっと息を吐き出して後に続いた。

五階のフロアに入るときの認証は、試しにと浩夢がやらされた。といってもなにもすることはない。ただドアノブをまわしただけだ。

「よし、ちゃんと登録されてんな」

五階の一番奥の部屋が今日から浩夢の住まいだという。

なかは普通のマンションと変わりなかった。広めのワンルームで、玄関を入ってすぐの右手スペースがバストイレで、正面がリビングダイニングとキッチン、左手には収納を兼ねたパーティションで仕切られたそれぞれのプライベートスペースがあった。空間は二つに区切られているものの、高さはせいぜい一メートル半なので立ち上がれば向こう側が見えてしまう。実際のところプライベートもなにもあったものではないが、浩夢の食事と練習を考えると非常に合理的ではあった。

「一応、おまえは奥にしといた」

「あ……ありがと」

「荷物も入ってるか確認しとけ。なんかさっき、それが急に現れてたぞ」

きちんとベッドメイクがされたベッドの上にはペーパーバッグが置いてあった。なかにはラルフが浩夢に買った服が入っていた。

いつの間にかラルフがここへ移動させていたようだ。

「俺んとこにも来てたし」

「あー……あれ、あんたの服だったんだ。女性ものは誰のだろ……」

「雪乃さんだろ。あの人、この季節は絶対外へ出られねぇから、雑誌見てこれ欲しいって言うとラルフが買ってくんだよ。ま、冬でも引きこもってるけどな」

「へぇ」

昂大に言わせると、ラルフは非常に面倒見がよく、自分より年少のものたちを我が子のように慈しんでいるようだ。実際の年齢は当然見た目通りではなく、篠塚より上だという。その篠塚も見た目より上らしいが。

新たな服をクローゼットにしまおうとしたら、異様に服が増えていることに気づいて手が止まった。すでに何着もの服や靴やバッグが買い揃えられている。もともと所持していた服もあるが、半分にも満たない量だったのだ。

「諦《あきら》めろ。あの人の趣味みたいなもんだ。みんな開き直って受け取ってるぞ」

「そうなんだ……って、勝手に人のベッドに座るな！」

背中を向けたまま言葉を交わし、クローゼットを締めて振り返ったら昂大が浩夢のベッドに座っていたのだ。あまりに堂々とした態度に自然と声のトーンが上がった。

「ベッドメイクしてやったの俺だぞ。ラルフにやれって言われたからだけどな」

「したから座る権利があるってのはおかしいだろ」

「皺《しわ》ができたからって寝心地なんか大して変わらねぇよ。いいからおまえも座れ」

「なんで」

「話があんだよ。そこで立って聞くってなら、別にそれでもいいけどな」

一方的なもの言いにムッとしてしまう。悪気がないらしいことは承知だが、だからといって気分がいいものではなかった。

「あんたが立てばいいことじゃん」

「あんたじゃなくて昂大。ほら、言ってみな」

「呼ぶ必要があったときに言うし。それより話って？」

浩夢はクローゼットにもたれ、昂大とは十分な距離を保ったまま先を促す。彼とまともに話すのは実はこれが初めてなのだが、一度そうしたほうがいいとは思ってはいたのだ。だから昂大の言い方はともかく、納得して言葉を待った。

なにしろ今日から同居人で、職場まで一緒なのだ。

「さっきも言ったけど約束は守るから、あんま警戒すんな。自分ちで緊張してたら意味ねぇっつーか、神経すり減るぞ」

「あんたがそれ言う？」

「だからもうしねぇって。合意がなければキス以上はなし。これでいいだろ？」

すんなり頷こうとして、ふと思い直した。返事をする前に確かめねばならないことがあった。

「ちなみにキス未満ってなに？」

「ハグとかボディタッチとか。ようはあれだろ、愛撫《あいぶ》みたいな触り方しなきゃ問題ねぇよな？　ダチでもスキンシップくらいあんだろ」

「わかった」

同居人にいっさい触るな、なんて言うつもりはないので浩夢は頷いた。そもそも浩夢が食事をするには睡眠中の昂大に触れる必要があるのだから、向こうにも触れるなとは言いづらい。

「急には無理だと思うけど、大家族の一員みたいに思っとけ。あとは……掃除とかは当番制な。メシは店が終わった後でミーティングがてら賄い食うことになってるらしいから、それ以外は各自適当。

なんか質問は？」

「特に……あ、うーん……あるにはあるんだけど……」

病室で会ったときから気になっていたことが一つだけあった。父親のことだ。自分にはいないものと思い続け、その存在を示されたときにも大きな衝撃はなかったというのに、日がたつにつれて気持ちは変化していった。

だが父親の話の前に、昂大のことも聞きたかった。

「昂大は俺の父親と、一時期一緒に暮らしてたって聞いたんだ。なんか保護したって言ってたけど、どういうこと？」

「どのへんまで聞いた？」

「父親が医者だったってことと、ラルフさんたちと一緒に日本に来たってこと。あとは事故死したってことくらいかな。あんたの家の事情も、ちょっとだけ聞いた」

資産家の婚外子として生まれた昂大は、認知はされなかったが父親の元で育てられた。父親のことは知らないそうだ。彼の父親も親戚《しんせき》も、それに群がる者たちも欲望まみれで、だからこそ自分が何者か知らないうちも無事に成長できた。常に「食べもの」がある状態だったからだ。そして昂大以外に、古い血は出なかったようだ。

むしろ子供に受け継がれるほうがまれらしい。ラルフや篠塚も聞いたことがなかったと口を揃えていた。

昂大は自分の力と特異性を十歳頃に自覚したという。間もなく父親が亡くなり、正妻や異母兄弟、親戚らに家を追い出され施設に送られそうなところを逃げだし、ユベールに出会った。様子のおかしい子供を見つけて放《ほう》っておけずに声をかけたらしい。

そうして昂大は篠塚の保護下に入れることになった。保護されてから一年ほど、ユベールと暮らしたのだという。

「息子みたいに可愛がってもらった」

「そっか」

「自分の父親が死んだときより悲しかったな。病気の心配はなくても、事故じゃ間に合わないこともあるんだって思い知ったし」

仲間のなかに、とんでもない治癒魔法を持つ人がいて、定期的に身内にそれをかけるらしい。その影響もあって、皆は見た目通りの年齢ではないのだ。これからは浩夢も年齢不詳の仲間入りを果たすわけだった。

「写真あるぞ。見るか？」

「う、うん」

どきどきしながら待っていると、昂大は自分の持ちもののなかから写真を一枚持ってきて、黙って差し出してきた。

一緒に撮ったという写真には子供の昂大と、三十歳前後だろう男が写っていた。童顔ではないものの線は細く優男という感じで、確かに浩夢に似ているところがある。そしてラルフのような完全な外国人というふうではなかった。出身国が違うらしく、ユベールには東洋の血が入っていたようだ。

浩夢は無言で写真を見続けた。自分でもよくわからない、妙な感傷に浸ってしまっていた。

「悪いな」

「え？」

「初めて父親見たのに、俺と一緒の写真で」

変なところに気をまわす男だと思った。だったらもっと常識的な部分にも生かせばいいのに、とも思う。

「いや、それは別にいいんだけど」

「ならいい。たぶん篠塚さんに言えば、一人で写ってる写真も残ってると思うぞ。登録用の、証明写真みたいなやつかもしれねぇけど」

「だったらこっちの、素っぽい感じのほうがいいよ」

笑顔だし、と続けて浩夢はもう一度写真を見た。

「母親からはなにも聞いてないんだよな？」

「聞くもなにも、あんまり記憶ないんだよ。母親死んだのって三歳のときだからさ。写真が何枚か残ってんのと、ぼんやり雰囲気覚えてるくらい」

「そうか」

「えっと、昂大は？」

初めて名前を呼ぶのに少しだけ緊張してしまったが、不自然にならない程度に口にできた。言われた昂大はわずかに反応したものの、特に触れてきたりせずに質問に答えた。

「俺も記憶ねぇな。俺が二歳んときまで父親に囲われてたらしいけど」

「異母兄弟がいるんだよね？」

「いるけど、もう関係ねぇな。俺は下の名前だけ残して別人の戸籍もらったし、会っても向こうはわかんねぇだろ」

「……確かに」

写真で見る昂大の面差しはいまとは違う。子供らしく頬はふっくらしているし、身体も小さい。客観的に見て可愛い子供と言っていいだろう。どうして十年後、目つきが鋭く偉そうで老けた男になってしまったのか。

「残念」

「おい」

「でもよく見ると、このときからちょっとヒネた感じはするね」

顔立ちの幼さに惑わされたが、目つきはどこか斜《はす》に構えた感じがしないでもない。可愛いが生意気そうな印象もあった。

「いろいろ荒《すさ》んでたんだよ。引き取られた直後で、まだその影響が残ってたんだろ。おまえは暢気そうな顔でよかったな」

「ケンカなら買うよ」

「褒めてんだろ」

「どこが」

いちいち癇《かん》に障《さわ》るのは、浩夢の耐性が低いというより昂大の言い方の問題だ。仲間内はともかく、こんな言動をしていて外で友人を作れたのだろうかと心配になるが、浩夢も人のことは言えなかった。相手に踏み込むことも踏み込ませることもせず、浅い付き合いを続けてきたから、就職を機に関わりは途絶えてしまった。友人たち皆進学し、あちこちに散らばったのも理由だった。

「ユベールさんも、ふわっとした人だったからな」

「も？」

「ラルフもそうだろ。けどまだラルフのほうが普通だな。ユベールさんはよく言うと穏やかでミステリアス、悪く言うとなに考えてるかわかんねぇ不思議ちゃんだった」

「ふぅん……俺の母親はどこを好きになったんだろ。顔？　というか、なんで妊娠した恋人を放置したのかな」

浩夢のなかにあるモヤモヤとした感情。その正体はこの部分に関《かか》わっていた。

「知らなかったんだと思うぜ。子供ができたって知って放っとく人じゃねぇよ。それは間違いない。彼女がいたけど振られた、って俺は聞いたぞ」

「え、そうなの？」

「ああ。結婚しようと思って、全部話したらしいんだよな。そうしたら拒絶されたっぽい。それで秘密を口外できないように誓約かけて別れたそうだ」

ようするに言いたくても言えないように、なにか術をかけたということだった。つまり母親には記憶があったのに、妊娠が発覚した後もユベールにはいっさい連絡を取らなかったということだ。

いまとなっては理由はわからないが、生まれた子供の名前に夢という字を入れたのはおそらく偶然ではないだろう。ならばユベールのことは嫌ってはいなかったのではないだろうか。

「なんか複雑そう……」

「ユベールのことは好きでも、背景は受け入れられなかったんじゃねぇか？」

「かもね」

一年くらいしか一緒にいなかったというわりに、昂大はラルフ以上にいろいろなことを知っている。

ラルフ曰く、来日してからはそれぞれの場所で活動し、定期連絡こそ取っていたが会うことは少なかったというから、そのせいかもしれない。

捨てたわけでも放置でもないと再度昂大が力説したので、そこは納得して話を打ち切った。写真はくれると言ったが丁重に断った。一目見られればそれでよかったのだ。父親の写真を持っていたいわけではなかった。

浩夢は室内を見てまわり、掃除機や洗濯機や日用品の場所を確認した。キッチンで使い勝手や冷蔵庫の食材を調べているうちに、マイペースな昂大はシャワーを浴びに行ってしまった。

インターフォンが鳴ったのは、そんなときだった。

「モニターまであるんだ」

部外者は侵入できないシステムだというのに各自の部屋にも普通のマンション程度の設備はつけているのだ。

訪問者はラルフだった。

急いで玄関へ行きドアを開けると、ラルフはさっとケータリングボックスを差し出してきた。

「今日は来たばかりだし、店で作ってもらってきたよ。歓迎会はまた今度しようね」

「あ、ありがとうございます。それはともかく、その格好……」

ラルフは先ほどまでとは服装が違っていた。店に出るときの格好らしく、濃い色のフード付きのローブにベルトをして足下はブーツというスタイルだった。

「魔法使いっぽくない？」

「あー……言われてみれば。杖持ってたら、それっぽいかも」

「レジの横には置いてあるんだよ。持ってたら仕事にならないから、持たないけどね。昂大はシャワーか」

「はい」

バスルームからの音で判断したらしく、ラルフはそう呟いて浩夢に微笑みかけた。

「やっていけそう？」

「たぶん」

「できれば仲良くしてあげて。あれで実は人間不信気味の寂しがりやさんなんだよ」

どこまで本気なのかわからない言葉を残し、ラルフはウィンクをして店へと戻っていった。

夕食は二人分だった。メモが入っていて、可愛い丸い字で説明があった。メニューはサラダとチキンのフリット、卵焼きにおにぎりで、おにぎりの具の説明がメモの主目的のようだった。出来たてらしく、まだほかほかと湯気を立てている。

「フリットって唐揚げっぽいな……いや天ぷら？」

昂大が出てきたらすぐ食べられるようにするため、浩夢は食器を取りにキッチンに向かった。

日付が変わる前に、昂大は寝ると宣言してベッドに潜った。

普段からあまり夜更かしはしないそうで、浩夢がもっと早く寝ろというならばそうすると、殊勝なことまで言っていた。

なんだか調子が狂う。思っていたよりも昂大はまともな同居人だし、気遣いもできる。相変わらず喰わせろだの早く欲を抱えろだの言ってくるが、そのあたりはスルーした。口癖みたいなものだと思えばなんとかなる。

時計を見ると、昂大がベッドに入ってから一時間半は経過していた。

自分のベッドに座っていた浩夢はそっと立ち上がり、パーティションの向こうを覗き込んだ。

室内の明かりはほとんど落としてあった。点《つ》いているのは浩夢のベッドサイドのランプだけだ。それも常夜灯にしてある。

息をひそめて昂大の様子を窺《うかが》うと、規則正しい寝息はゆっくりで、しっかりと眠っているように思えた。よく見るとまぶたが少し動いている。

（よし、いいタイミング）

夢を見ているはずだと確信し、昂大の手にそっと触れてみる。場所はどこでもいいのだが、ここが無難だろう。

喰わないようにしながら、夢を「見る」ことを意識した。

すると頭のなかにぼんやりとした映像が浮かんできた。さらに集中すると、それがたちどころに鮮明になった。

目の前に三人の人物がいる。子供時代の昂大と、浩夢の父親——ユベール——と、なぜか現在の浩夢だった。

妙な具合だ。目の前に自分がいて、しかも楽しげに笑っているのだ。どうやら浩夢自身は透明人間のようになって近くで彼らを見ている状態らしい。

場所は屋外で、どこかの公園か庭園のようだが、桜草とひまわりが同時に咲いていたりと季節はメチャクチャだった。夢なんてそんなものかもしれない。浩夢だけが現在の姿なのも、昂大が浩夢の子供時代を見たことがないせいなのだろう。

今回の目的は喰うことではなく干渉してみることだ。かといって具体的な方法など知るわけもなく、試してみるほかなかった。

透明人間ではなく、夢のなかの自分になれないかと念じてみると、ふっと視点が変わった。微笑みかけてくるユベールと目があって緊張しそうになってしまう。

　これは夢だと言い聞かせ、浩夢は口を開いた。

「と……父さん」

「なんだい？　浩夢」

　知るはずもない浩夢のことも名前も、ユベールは知っているようだった。さすがに夢だ。都合よくできている。

　初めて聞くはずの声なのに、どこかで聞いたように感じられる。なぜか懐かしく、そしてせつない気持ちになった。

「父さんは……母さんのこと好きだった？」

「もちろん。だって結婚しようとまで思ったんだよ？　偽装でもないのに結婚するなんて、僕たちにはとても珍しいことなんだ」

「じゃあ俺が生まれたことは、どう思ってるの？」

　夢のなかだとわかっているのに、無駄だと知りつつ尋ねてしまった。どうやら浩夢は自覚しているよりもずっと、両親の関係や自らの出生について気にしていたらしい。

　人の心なんて、わかっているようでわからないものなのだと思い知る。

　ドキドキしながら答えを待っていると、頭をふわっと触られた。夢のなかでも感触はあるんだと不思議に思ったし、それ以上に嬉しくてどうしていいかわからなくなった。

泣きそうになってしまった。

「嬉《うれ》しいよ。それに感謝してる。当たり前じゃないか」

「……うん」

幸せな気分に浸りつつも、自分が都合のいいセリフを言わせているんじゃないかと疑念も生じた。試しにユベールの行動を操ってみようとしたが、それは効果がなかった。指定した言葉を言わせてみようとしたり、感情を植え付けてみようとしたが、それもダメだった。

ならばユベールになってみるのはどうか、と思うと、すんなり視点が変わった。目の前に昂大と自分が立っていた。

「浩夢」

呼んでみると、夢のなかの自分が返事をして笑う。少し気恥ずかしかった。

とりあえず言葉も自由に発することができたし、身体も動く。なるほどこういうシステムかと納得し、すぐさま自分の視点に戻った。

気がつくと、手をぎゅっと握られていた。子供の昂大が浩夢の手をつかんで、じっと見上げていたのだ。

「なに？」

「泣くな」

子供らしい声なのに、口調はいまと同じなのが笑みを誘う。思わずくすりと笑うと、少しムッとしつつも宥めるようにして浩夢を抱きしめてきた。身長的に抱きついてきた、に近かったが、昂大としては違うのだろう。

可愛いなぁと、素直に思った。

ちょっと頭でも撫《な》でてやるかなと手を持ち上げた矢先、なぜか昂大は一瞬で現在の姿になって、浩夢をすっぽりと抱きしめていた。

「あー犯してぇ」

無駄にいい声が耳元で聞こえた。

浩夢ははっと我に返り、反射的に言い返していた。

「夢のなかでも最低だな！」

いろいろと台無しだ。ここまでとてもいい雰囲気で、幸せで温かな気分に浸っていたのに。子供の昂大にほっこりしていたというのに。

浩夢は急いで夢から出ると、即座に昂大の夢を喰った。これはもう自由自在にできる。

「やたら美味いあたりがまたムカツク」

意識して喰うようになって、夢にも美味なものとそうでないものがあることを知った。楽しかったり幸せを感じるような夢は美味くて、怖かったり不快だったりすれば不味《まず》いのだ。

正直な話、今日の食事はこれまでになく浩夢を満たした。赤ん坊のそれよりも具体的なせいか、美味いだけでなく満足度がすこぶる高い。感覚として、しばらくは喰わなくても空腹になったりしない気がした。

相変わらず深く眠っているらしい昂大の顔を見下ろして、浩夢は口をへの字に曲げた。起きているときより子供っぽい寝顔に、いたずらしてやりたい衝動に駆られる。だがなんとか我慢してベッドを離れた。

（なんだあれ、ちょっと可愛い……かもしれない）

まったくもって不本意だが、子供時代の昂大と重なったせいなのか、あの憎たらしい男を相手にあり得ないことを思ってしまった。

自分のベッドに入り込んで明かりを落とし、あえて昂大がいるほうに背を向けた。

この気恥ずかしさをどう言い表したらいいのだろう。じたばたと暴れたい気分を必死で抑えながら、浩夢は硬く目を閉じた。

目を覚ましたとき、部屋に昂大の姿はなかった。時計を見たら十時過ぎだったので、とっくに出かけてしまったらしかった。

遅い朝食を食べ、暇なので掃除と洗濯をしていたら、あっという間に昼過ぎになった。

これといってすることがない。仕事は五時から十一時までと、時間的にはとても短いのだ。レストランのラストオーダーは、食べものは九時半でドリンクが十時、閉店は十時半と聞いている。営業時間が少し短いのではないかと心配になるが、ラルフ曰く営利目的ではないのでかまわないという。目的はあくまで仲間たちに職場を提供することなのだ。働かなくてもかまわないとも、いまから大学へ行ってもいいとも言われている。前者は浩夢の選択肢にないことだし、後者は少し心揺さぶられたが、結局断った。

「……なんか手伝おう」

本当にすることが見つからないので、浩夢は部屋を出て二階の事務所に顔を出してみることにした。内階段を使って行くと、コンサルタント会社の裏口があり、ここも身内ならばロックは解除される仕組みのようだ。それでも浩夢は本来ここに用はない人間なので、ドアをノックして少し待ってみた。

ややあって内からドアが開き、ラルフがいつものように笑いながら出迎えに出てきた。

「あの、こんにちは。急にすみません。いま大丈夫ですか？」

「どうぞ」

すんなり通された室内は、ごく普通の事務室といった感じだった。ドアの向こうには応接室があるようだ。

ラルフのほかには雪乃がいた。彼女は昼間ここの事務員もしているらしく、パソコンに向かって作業をしている。手を止め、浩夢と目が合うとにこりと笑った。

「あの、昨日はごちそうさまでした。それで、俺もなにか手伝うことないかなと思って」

「慣れたらそうしてもらうかもしれないけど、いまのところはいいよ。二週間前に死にかけてたんだから」

「それはもう全然問題ないです」

夢を喰い始めたせいか、体調は嘘のように回復している。痩せた分はまだ戻りきっていないが時間の問題だろう。

結局浩夢は空いている席を勧められ、ラルフがいれたお茶を飲むことになった。

「思ったより人いないんですね」

「ここにはね。適した依頼があれば呼び出すけど、説明したらすぐ外へ行っちゃうから」

「わたしは迂闊《うかつ》に外へ出ると危ないから、冬以外はあまり外へ出ないの」

「あ、はい。聞いてます。なんか雪女っぽい」

昂大は引きこもりという言い方をしたが、それは黙っていることにした。普段から本人にも言っているのかもしれないが、余計なことは口にしないに限る。

「やーね、ただの体質よー。冷たいものしか食べられない以外は、食べるものだって普通だし。ラルフもよね？」

「そうだねぇ、量はともかく」

「え、全員が特殊なもの食べるわけじゃないんだ？」

「八割は特殊かな。君や昂大みたいに物質じゃないものもあるし、普通の食べものではないけど物質のこともあるよ」

「たとえばどんな？」

「血や生肉や、オイルだ」

浩夢がカップを置いて尋ねたとき、ふいに鈴を転がすような声が聞こえてきた。

驚いて振り返ると、そこには目の覚めるような美少女が立っていた。身長は低めで長い金髪はふわふわとウェーブがかかり、目の色は青い。年は浩夢より下に見えた。お伽噺《とぎばなし》や絵本に出てきそうな子だと思った。

ぽかんと口を開いたまま浩夢は彼女を見つめてしまう。

「初めまして、だな。私は佐々木アリス。ラルフの妹ということになっている」

「は……初めまして」

「昨日は会えなくて残念だった。ちょっと出かけていたものでな」

見た目や声と口調があわないと思ったが、まさかそれを言うわけにもいかない。それに違和感はないのだ。まったくあっていないのに、そんなものかと思わせる雰囲気を彼女は持っている。

そんな彼女がどこから現れたかと言えば、事務室の奥からだった。

「この人、その奥に住んでるんだよ。見た目だけだと浩夢くんより若そうに見えるけど、誰より年長者だからね」

「えっ」

ラルフは確か何十年も前に、知り合いだった篠塚を頼って日本に来たと言ってはいなかったか。はっきりとは聞いていないが、戦後のどさくさに紛れて体制を整え、現在の形を作り上げたのだと。

まじまじとアリスを見るが、微笑むばかりで彼女はなにも言わない。これは深く掘り下げてはならない話だと判断し、浩夢はラルフに視線を向けた。

「えっと、さっきの……血とか肉って……」

「心配しなくても人を喰ったりってことはないよ。篠塚さんは血を飲むけど輸血用のだし、明剛の生肉だって普通に売ってるやつだから」

そしてオイルは文字通りだが、嗜好《しこう》の問題でやはり食用油らしい。厨房にいた美女と、昨日はいなかったフロア係の女性は双子で、それぞれオリーブオイルとグレープシードオイルをがぶ飲みするそうだ。

（オイルがぶ飲みって、なにそれ怖い……）

生肉を食べるという明剛や血を飲むという篠塚のほうがよほど容易に受け入れられた。イメージしやすかったせいかもしれない。

アリスは浩夢の近くに座り、ラルフからお茶をもらっていた。彼女の格好は、いわゆるゴスロリというやつで、レースやフリルがふんだんに使われた黒いワンピースだ。それが恐ろしくよく似合っているのを見て、昨日見せられた従業員用の衣装を思い出して納得した。きっと彼女の趣味が店全体に反映されているのだろう。

「なにか不自由はないか？」

「ないです」

「あれば遠慮なく言うといい。それで、昂大はどうだ？　仲良くやれそうか？」

「あー、まぁなんとか」

昨夜のことは忘れようと決めた。夢のなかの言葉がいくらひどかろうと、本人に怒りをぶつけるのはどうかと思ったからだ。

黙り込む浩夢をじっと見つめ、アリスはニヤニヤと笑っている。

「よろしく頼むぞ。あれは始終つまらなそうな顔をしてたから鬱陶《うっとう》しくてな。だから現状打破にでもなればと、箱根に行かせてみたんだ」

「はい？」

意味がわからず首を傾《かし》げていると、目の前でひらりとカードが振られた。

「これでな」

「タロットカードってやつですか？」

「いや、名前はないよ。うちに古くからあったカードで、タロットともトランプとも違うものだ。頼まれなければやらないんだが、どうだ？　よく当たるぞ」

「えー、すみません。特にいまは迷いとかそういうのないんで……」

「そうか。いいことだな」

気分を害した様子もなくアリスはカードを引っ込めたが、これがまた手品のように一瞬で目の前から消えてしまった。

ラルフと同様の力だろう。ここへ来てまさか手品ということはないはずだ。

浩夢はそれからアリスについてさまざまなことを知った。雪乃の周囲に薄く冷気をまとわせているのも、治癒魔法を持つ仲間というのも彼女のことだった。黙っていると勝手に皆の健康状態をチェックしてついでに魔法もかけてしまうので、不老では困るという場合は申し出ておく必要があるのだと。ちなみに篠塚は一定期間拒否して、現在の見た目になったところで解除をしたということだ。あの地位に就くためには、ある程度の年齢相応の容姿である必要があったのだろう。

「うん、体調も問題なさそうだ。後は体力だな」

「ですね」

「効率のいい摂食方法をしていれば、以前よりも体力や身体能力は向上するはずだぞ。生まれてからずっと栄養失調だったわけだからな」

「なるほど」

話しているうちに、自然と相手が若い女の子だとは思えなくなってきた。見た目も声も若く、名前まで可愛らしいというのに。やはり雰囲気と話し方のせいだろう。さすがは最年長だ。

いろいろ納得していた浩夢は、アリスがじっと自分を見てなにやら楽しそうにしていることに気がついた。擬態語でいうならば「わくわく」だ。なにか期待されつつ観察されているように思えて仕方なかった。

「えっと、なにか？」

「いや、いい子が来てくれて嬉しいと思ってな」

言葉通りの意味なのかそれとも含みがあるのかわからず、浩夢は生返事をしてカップを手に取る。

そうして結局お茶だけ飲んで、部屋に戻ることになったのだった。

レストラン〈カフェ・ファンタジア〉は、雑誌やテレビなどの取材はすべて断っていて、情報は主に公式ホームページと客の口コミでしか得られない。だというのに今日も開店して早々に席が埋まり、予約なしで訪れた客が外で待っている状態だ。

浩夢は与えられた衣装に身を包み初仕事に挑んでいた。

ホテルでの接客は経験があるし、配膳《はいぜん》もしたことはあるが、温泉宿とレストランではやはり勝手が違うものだ。注文を受けて料理を運ぶという経験は初めてで戸惑ってしまう。酔って扱いが難しい客がいない代わりに、女性たちが賑《にぎ》やかですこぶるテンションが高い。純粋に飲食のために来ているグループはほとんどいないのではないだろうか。

「お待たせしました」

浩夢は料理名を口にしながらテーブルに料理を置いていく。客からの視線を浴びつつ笑顔をキープした。

口調はあまり畏《かしこ》まらないようにと言われているので、敬語というよりは丁寧語を心がけている。これはラルフやアリスのこだわりだ。

二人からは、とにかく笑顔でと言われた。それも「ふわっと柔らかく笑う感じで」というオーダー付きだった。これは店でのキャラクター付けというもので、ラルフの構想によると浩夢は甘く可愛らしい路線で行きたいらしい。いままで店にはそのタイプがいなかったので、ぜひともと熱く説得されてしまったのだ。明剛も童顔だがやんちゃな男の子という雰囲気だし、アリスは人形めいた美貌と雰囲気のせいで甘さとは無縁だ。

いくつかの疑問は抱えたままだ。なぜ「甘い」「可愛い」を男でやろうと思ったのか、本来アリスが気合いで擬態すべきではないのか、などだ。

だが見た目で最有力のはずのアリスは、店でもあのままだ。可愛らしい美少女がイメージ通りの仕草や口調でいてもつまらない、というのが本人の主張らしい。どうせ男性客は少ないのだから問題ないと言っていたが、そのあたりも浩夢にはよくわからなかった。

「天使くん可愛い……！」

どこからか客の声が聞こえ、引きつりそうになりながらも浩夢はテーブルを離れた。

初お目見えとあって、今日は浩夢と昴大に注目が集まっている。常連客は新顔に興味津々で、どこに立っていても視線が追ってくる状態だ。

開店から一時間が経過し、オーダーも配膳も落ち着いてきた。今日は浩夢と昴大のほかに、ラルフとアリスと凜斗、昨日はいなかった女性——厨房にいる美女の双子の妹——がいる。背の高い彼女は男装の騎士なので、一見すると女子率がきわめて低くなっていた。もちろん男装であることは客も承知していて、その上でのファンも多いようだ。

「はぁ……」

料理を受け取るカウンターはパーティションとして置かれた本棚が客の目から隠してくれる。そこに下げた食器を置いて、浩夢は小さく溜め息をついた。

するとと同じように片付けをしてきた凜斗が顔を覗き込んできた。

「大丈夫ですか？」

「あ、はい。大丈夫です。気疲れなんで」

「まぁそれは仕方ないですね。身体の疲れはアリスがなんとでもしてくれますけど、精神的なものはどうにもなりませんから」

どうやらアリスは仕事の最中もスタッフの体調チェックに余念がなく、疲労感が溜まっていると見れば本人も気づかないうちに回復してしまうらしい。

「評判はとてもいいですから、頑張って」

凜斗がフロアに戻るのと一緒に浩夢も本棚の影から出て行く。途端客が色めき立つような気配を感じてたじろいでしまった。

なんとか笑顔を顔に貼《は》り付け、オーダーに呼ばれてテーブルへ向かう。この席は本日二組目の客で、一気に複数の料理とドリンクが入った。女性ばかりの四人組は二十代後半くらいに見える。スタッフ間で交わされている情報によると、彼女らは初来店だそうだ。予約をしていなくて、一時間近くも待っていたようだ。

隣のテーブルでは昂大が飲みものを置いているところだった。

悪魔の扮装の昂大は、正直に言って格好よかった。捻《ねじ》れた細めの角も、爪《つめ》とか棘《とげ》とか言ったほうがよさそうな羽も実に禍々《まがまが》しくてよく似合う。接客態度は不遜《ふそん》な感じだが、悪魔なのでそれでいいようだ。客もシチュエーションを理解しているので問題ない。

四人連れのオーダーを受けて戻って厨房に伝え、またフロアに出て笑顔を振りまいた。客はスタッフを見たがるので、なるべく隠れないようにと言われているのだ。手空《てす》きのときは長話でなければしていいことにもなっている。客も承知しているので、早速近くの客に話しかけられた。

もう何組目になるだろうか。言われることはだいたい同じだ。見た目を褒められて、名前と年を聞かれて、たまに羽根に触りたいと言われる。昂大に話しかけるタイミングがなかった客には、昂大のことも聞かれた。

そんな時間を過ごしているうちに、厨房から合図があった。

「お話の途中でごめんなさい。失礼しますね」

頭を軽く下げて離れていき、料理を受け取ってオーダーのあったテーブルへと運んでいく。

「お待たせしました。カプレーゼです」

「えっ」

一番手前の客からそんな声が聞こえ、次に別の女性がおずおずと続けた。

「それ違う。カルパッチョは頼んだけど」

「も……申しわけありません」

慌ててカプレーゼを下げようとすると、その手が軽く上から押さえられた。

大きな手の主は袖口《そでぐち》が黒だ。ならば振り返るまでもなく一人しかいなかったが、それでもと肩越しに確かめるとやはり昂大だった。

昂大は自分の手ごと浩夢の手を引き、にこりともせずに言い放った。

「すぐ持ってくるから、嫌いじゃなければそれ食って待っててくれ。もちろん金は取らねぇよ」

「あ……は、はいっ」

客は顔を赤くして、うわずった声で返事をした。これではどちらが客かわからない。

「こいつは後で俺がお仕置きしとくんで」

ニヤリと意味深な笑みを浮かべ、昂大は浩夢を引っ張ってパーティション裏に入った。背後で何人かが悲鳴のようなものを上げていたのが気になったが、振り向くことはしなかった。

昂大はオーダーシートを確かめてから、あらためてカルパッチョのオーダーを通した。浩夢が料理名を省略して書いたせいで間違ったことも判明した。

「あの……ごめん。ありがとう」

「おう」

「昴大は接客の経験あんの？」

「短期で何度かな。事務所の仕事で、飲食店に潜入したことがあるんだよ」

素っ気なく答えて昴大はフロアに戻っていく。深呼吸をして浩夢も倣《なら》おうとしたら、ぽんと誰かに肩を叩《たた》かれた。

アリスだった。彼女は満面の笑みを浮かべ、うんうんと頷いている。

「あの、すみませんでした」

「ミスは誰にでもある。昴大のフォローもよかったしな。あの客らは一時間待っているから、あそこでまたさらに待たせるのは、と思ったんだろう」

「そうですよね……」

「これからもあの対応でいい。もちろん客がいらんと言ったら下げるんだぞ」

「はい」

アリスが去った後に浩夢もフロアに出て、なに食わぬ顔で仕事を続けた。先ほどの客のところへ行ったとき、もう一度謝罪をしたら笑顔で「かえってラッキーだった」と言われ、さらに浩夢がオーナーに怒られやしないかと心配までしてくれた。

結局ミスはそれだけで、なんとか浩夢は初日を乗り切った。

総出で片付けと掃除をした後、全員で遅い夕食になった。今日は厨房のメンバーを合わせて八人でテーブルに着いた。

「二人の評判は上々ですね」

凜斗は人の記憶を喰い、ついでに読み取ることができるそうだ。喰わずに弄《いじ》ることも可能だそうで、今日も食事のついでに客の頭のなかを覗いたようだ。

「昂大は客からなにか渡されていただろう」

「あー、なんか連絡先。もう捨てた」

こういうことは珍しくないようで、今日のメンバーのなかでは凜斗がもらいやすいらしい。ラルフはやや近づきがたいのか滅多にもらうことはないようだ。

「天使と悪魔のツーショットが大受けしていたぞ。やはり鉱脈はここにあったか」

「ちょっ……鉱脈ってなんですか」

「これのことかなぁ」

ラルフはタブレットをテーブルの中央に置き、みながいっせいに覗き込んだ。

スタッフを撮影することは禁止だが、SNSなどには料理の写真を含め、来店の感想や報告が数多く投稿されている。今日の客も何人かがそれをしていたようだ。〈カフェ・ファンタジア〉に新しいスタッフが入っていたという報告が五件も上がっていて、うちいくつかは浩夢と昂大の容姿や服装とコンセプトを詳しく書いていた。そしてオーダーミスのことを書いている者も二件あった。

「こっちはテンションが高いな。あのテーブルの客か」

「思いっきり手を握ってたからねぇ。おまけに思わせぶりなこと言ってたし」

「黒と白の対比はやはりよかったですね。いたいけな天使を捕らえてどうこうしそうな、なんとも言えない雰囲気がありました」

凜斗の大まじめな解説を聞いていると非常にいたたまれない気持ちになって、浩夢は夕食のハンバーグをひたすら食べ続けた。

「いい感じだ。この路線で行くぞ。見目のいい男同士の、ちょっとした絡みは受けると確信した。男女でこれをやったら突き上げをくらいそうだが、あからさまにベタベタしない男同士ならば、その手の趣味がある女子は喜ぶだろうし、嫌いな女子たちも嫌悪するほどではないはずだ」

「まぁ、反応を見る限りそうだね」

この流れを止めることは難しそうだ。当事者の一人である昂大は涼しい顔で食事を続けていて、拒否する気配は微塵《みじん》もないし、浩夢が嫌だと主張したところで、昂大がやってしまえばそれまでだ。

浩夢は早々に諦めた。

「ちなみに浩夢は、昂大にかまわれてもあわせる必要はないぞ」

「え？」

「客の前でケンカさえしなければ、逃げてもいいいし嫌そうな顔をしてもいい」

「それ大丈夫なんですか？」

「逃げる天使に追う悪魔というのは不自然ではないだろう？」

「あー、まぁ」

「ってことは、ぐいぐい行ってもいいってことだな」

いきなり昂大が割って入ってきた。こういうときばかり参加してくるのはどうかと思って、浩夢は無言で睨み付けた。

「ほどほどにな。そのあたりの匙《さじ》加減は任せたぞ」

「ちょっ……任せていいんですかっ？　公開セクハラとかいやなんですけど！」

「空気は読める男だ。問題ない」

「それについてはかなり疑問が……」

思っていたよりはずっとマシな人間だったし、まぁまぁ好感も持てるとは思うのだが、いかんせん初対面のインパクトは強烈だった。人目に付かないようにしたと言えば確かにそうだし、昂大なりの事情も納得はしたものの、やはりいきなり舌まで入れてキスする男が空気を読めるのかという疑問は残る。

「問題があったところで、たいした被害もないしな」

「ドヤ顔で言わないでください」

不安はあるが、もう諦めたことではある。浩夢は残りの飯をすべて平らげて箸《はし》を置いた。昨日の夕食でわかっていたことだが、調理担当の女性らの腕は確かだ。加えて大勢で食べているのが、さらに美味く感じさせてくれる。

施設にいたころからそうだったのだが、浩夢は大勢でいるのが好きらしい。寮とはいえ、一人暮らしは結構寂しかったみたいだと、いまさら自覚した。ここは居心地がいいから、ことさらそう感じるのかもしれない。

厨房の片付けはラルフとアリスがするのが常らしく、食べ終えると皆はぞろぞろと店を出た。本当にいいのかと振り返っていると、凜斗が笑いながら「二人がかりでパパッと一瞬」だと教えてくれた。相変わらず全容が見えない二人だ。

部屋に戻り、多少警戒しながら風呂《ふろ》に入って出てくると、先に風呂を使った昂大はベッドに入っていた。だが眠ってはいないようだった。

「あのさ、ちょっといい？」

「ああ」

パーティションを挟んで声をかけると、しっかりした声が返ってきた。顔が見えないほうが話しやすいかもしれない。

「昨日さ、昂大の夢に入ってみたんだ」

「ああ。そういや、まだ聞いてなかったな。成功したか?」

「……うん。どんな夢見たか、覚えてる?」

「いや」

浩夢は昨日の夢をかいつまんで説明した。昂大が抱きついてきたことは黙っていたが。

「父親と話せて、ちょっと嬉しかった。昂大の話を聞いてるうちに、俺も会いたかったって思ってたみたい」

「……そうか」

一応返事はあったが、どこか上の空といった感じだった。適当に聞き流しているのかと思ったが、物言いたげな気配が伝わってきて、違うらしいと言葉を飲み込む。

文句を言う代わりに、浩夢は昂大を促してみることにした。

「なに? なんか言いたいことがあるなら言いなよ」

「言いたいことっつーか……あれからずっと考えてたことが、ようやくまとまったから言っておくべきじゃねぇかと思ってさ」

「あれから?」

「おまえに会ったときから」

「あー……あれね」

　昂大との出会いを思い出すたび苦笑が浮かんでしまう。

「美味そうって思ったのは事実なんだよ。見た目も好みだったし、実際美味かった。けど、仕事増やしてまで一緒にいようとしたり、ラルフや凜斗に取られたくねぇなって思うのは、やっぱあれだよな。惚《ほ》れたってことだろ？」

「は……？」

「思うにあれ、一目惚れだったんじゃねぇかな」

　どう思う？　とでも言わんばかりの口調で投げつけられたのは、とんだ爆弾発言だった。少なくとも浩夢にとってはそうだ。

　反応ができなくて、浩夢は無言のまま天井を見つめていた。

「ちなみにあれだぞ。ユベールは関係ねぇからな。確かにおまえは似てっけど、そっくりってわけでもねぇし、そもそもあの人には恋愛感情とかそういうのは全然なかったからな」

「……はぁ」

「おまえも早いとこ俺を好きになって、俺に喰われちまえよ」

　昂大らしいもの言いだ。これでも悪気はないし、相手を見下しているわけでもないのだ。短い付き合いでもそれはわかっている。

　溜め息をついて浩夢は眉をひそめた。

「で、どっちの意味？」

「両方。セックスすれば自然に喰ってることにもなんだろ」

「口説き文句としてどうなんだよ、それ」

相変わらず昂大のアプローチは即物的で、本気で口説く気があるのか疑わしいものだった。いや、ラルフたちによると、そもそも自分たちは恋愛感情を抱くことさえ珍しい種らしいので、昂大の行動も仕方ないのかもしれない。

亡き父親が普通の女性と結婚を考えていたことも驚くべきことらしい。

「えーと……うん、話はわかった。けど俺ってさ、好きってのがどういうことなのか、正直よくわかんないんだよね」

「別にいい。ようは惚れさせればいいんだろ。惚れれば独占欲とか俺が欲しいとか、いろいろ欲も出るだろうし」

「そうかもだけど……まぁ、頑張って。邪魔する理由はないから、しないし」

同性という禁忌はないし、昂大のことは嫌いではない。好きになれるならそれでいいんじゃないかと思っている。

恋をしたことがないから、多少の憧《あこが》れもあるのだろう。好きな相手が自分のことを好きだなんて、とても幸せそうだ。

こんなふうに考えてしまうあたりが、やはり普通ではないのだろう。古い血を受け継ぐ者たちのメンタリティは部分的にとても変わっているのだという。

(俺でも欲なんて出るのかなぁ……)

恋までは想像できても、相手に欲――独占欲や性欲など――を覚えるなんて、自分にあり得るのだろうか。

浩夢は首を傾げて、うーんと唸《うな》った。

無理だ。あまりにも未知の世界だった。

そもそも浩夢は自分で自分を慰めたこともほとんどないのだ。中学校でそんな話題になったときに、興味がないほうが変だと誰かが言ったのを耳にし、その夜に試してみたものの、やはり自分は変なのかなと思っただけだった。話に聞いていたほど気持ちよいとは思えなかったからだ。いまにして思えば、ラルフから聞いた特性通りに、とても性欲が薄いということでもあるのだろう。

「むしろ昂大が変なんじゃゃん」

「なにがだよ」

「わっ」

返ってきた言葉にどきっとした。しばらく会話がなくて物音一つしなかったから、てっきり昂大は寝てしまったと思っていた。

「な、なんでもない」

「言えって。なにが変なんだよ」

「え……あー、うん。いや、だってほら、俺たちって性欲薄すぎて絶滅危惧《きぐ》種みたいになってるわけじゃん。子供作ったからって、絶対にこの血が出るわけじゃないらしいけど」

「そうだな」

「だから昴大は変って」

「相手に惚れたらムラムラすんのは当然だろ。普通の人間は惚れなくてもしたりすんだろうけど、俺たちはそもそも恋愛感情が生まれにくいからしねぇだけじゃん」

「……なるほど……」

すんなりと納得できる話だった。真偽のほどはわからないが、説得力はある。なにしろ恋愛感情を持ったケースは、いまのところ昴大と亡き父親だけなのだ。これぱかりはラルフやアリスに聞いても無駄な気がした。

「後はあれだ。気持ちがよけりゃ、もっとして欲しいって思うもんだろ」

「あんなのたいして気持ちよくないじゃん」

快感は確かにあったけれども、浩夢にとっては「こんなものか」という感想しかなかった。むしろその後の虚《むな》しさのほうが強くて苦手なのだ。

「そうかもな。俺もあれだわ、おまえで抜いてみる前はそれなりだったし」

「ちょっ……人のこと勝手におかずにすんなよ！」

「普通勝手にやるもんだろ。むしろ許可とってやるほうがレアだわ」

話の内容はともかく昂大の言うことはいちいち正論だ。浩夢が言葉に詰まっていると、パーティションにごそりと動く気配がした。

「な、なに？」

「試してみようぜ」

「は？」

「自分でするよりはいいはずだからな。俺もそうだったし」

「誰かとしたことあんの？」

なぜかムッとしてしまって、声も少しだけ尖った。気持ちがなくても性行為ができることは重々承知しているが、なんとなくおもしろくなかった。

「やたら寄ってくんだよ。全員じゃねぇけど、気が向いたらしてた。あ、過去形だからな」

寄ってくるという言葉は嘘ではないだろう。なにしろ店に出ていきなり連絡先を渡されるほど、女性にとって昂大は魅力的ということだ。目つきは鋭いが柄が悪いわけではないし、凜斗やラルフとは違って誘ったら乗りそうな雰囲気もある。実際にいままでは気が向けば付き合っていたらしいから、その点がほかの者たちとは違うのだろうか。

昂大がパーティションをまわりこんで来るのを、浩夢は緊張しながらただ見ていた。

「触ってみていい？」

「……」

「いやだって言わねぇのは合意ってことにするからな」

一方的にルールを決められたが、浩夢は少し考えてそれを受け入れることにした。自分にも本当に性欲があるのか、確かめてみたいという気持ちがあった。

昂大がベッドに上がり込んできて緊張感は否応《いやおう》なしに高まった。

「……そういや、キスしたときってどうだったんだ？」

「具合悪くなっててそれどころじゃなかった」

「それじゃ仕切り直しのキスもさせろよ。あれじゃなんか俺がキスしたから具合悪くなったみたいじゃねぇ？」

「間違ってはいないと思うよ」

ギリギリのところに立っていた浩夢の背を、昂大がぽんと押したようなものだ。あれはパニック状態と酸欠とで意識が飛んだに違いない。

結局キスを拒むと、渋りながらも昂大は引き下がった。妥協案として頬や首や胸にさせろというので、痕《あと》をつけない条件で了承した。

昂大は耳や首にキスしながら浩夢をベッドに倒し、パジャマのズボンのなかに手を入れた。

「い、いきなり……？」

「焦《じ》らされてぇならそれでもいいけど？」

「い……いいです」

大きな手が浩夢のものを撫で始めると、確かに自分で触ったときとは違う感覚がじんわりと腰のあたりに溜まっていくのがわかった。

シャツの部分をめくり上げてあらわにした胸に吸い付かれ、だんだんと変な気分になってきた。気持ちがいいというよりも、あやしげな未知の感覚でしかなかったが。

「ん……っ」

ゆるゆると手で扱《しご》かれ、先端や根元の膨らみを指先で弄られると、自然と鼻から抜けるような声が出てしまった。

そのときにはもう身体はしっかりと反応を示していた。

「ちゃんと感じるみてぇだな。なんか……すげぇ可愛いな」

「やっ、ぁ……んん」

立ち上がったものを下から指先でなぞり上げられて、ぞくんと背筋が震えた。気持ちがよくて、少しもどかしくて、もっと強い刺激をと身をよじってしまう。

すると下着ごとズボンを引き抜かれ、手で触れていたところを昂大が口に含んだ。

濡《ぬ》れた声が勝手にこぼれて、背中がシーツから浮いた。

浩夢が知っている快感とはまったく違うものに襲われて、あっという間に身体は絶頂まで追い上げられてしまった。

「ぁあっ……」

溜まった熱が一気に弾《はじ》けるように浩夢は達した。

そうして乱れた呼吸を整えながら自覚する。昂大に確認するまでもなく浩夢のなかにも欲望は生まれていた。もっとして欲しいと、身体だけでなく心でも願ったのだ。

目を開けると、昂大が口元をぬぐっているのが見えた。浩夢が出したものを飲んだらしいと察し、目の前がくらりとした。

「やっぱ美味いわ」

「飲んどいてそれ言うなっ！」

浩夢の欲望のことだとわかっているのに、直前の行為が行為だけに別の意味に聞こえてしまう。顔を直視できないほどのいたたまれなさに、浩夢は逃げるようにしてバスルームへ飛び込んだ。

「また入るのかよ」

ドア越しに聞こえた声は無視だ。ついさっき浴びたばかりのシャワーを冷たくして浴び、浩夢はじたばたと暴れたい気持ちを必死で抑えつけた。

気持ちよかったことは認めるが、自分にどんな変化があったのかを深く考えることは放棄した。

いろいろあって疲れ果てた浩夢は、シャワーの後ですぐベッドに入り、まるでふて寝するようにして眠ってしまった。

神経が高ぶって眠れないかとも思ったが疲労のほうが勝っていたらしい。気がつくと朝を迎えていた。

「え……」

目を開けると、そこに昂大の寝顔があった。心臓が止まるんじゃないかと思うほど驚いて、全身がびくりとしてしまう。

昂大は顔をしかめてからゆっくりと目を開けた。

「おー早いな」

「は……早いなじゃなくて！」

距離が近いどころの騒ぎではない。距離なんてゼロだ。浩夢はなぜか昂大の腕にしっかりと抱かれて眠っていたのだ。

とっさに身体を起こして距離を取ろうとしたのに、腕の力が強くて身体を起こせなかった。

「もうちょっと寝てろって。まだ六時じゃねぇかよ」

「いや、それより離せよ。なにしれっと一緒に寝てんだよ。合意してないじゃん」

昨夜勝手なルールが適用されていたが、それはなにか提示されることが前提のはずだ。先に寝てしまった浩夢は、抱きしめて寝ていいかなんて聞かれてもいない。

「一緒に寝ようぜって聞いたら返事なかったからいいのかと思って」

「ルール違反！」

「そもそもキス以下の行為だし、合意なくてもいいはずだろ」

同衾《どうきん》はキス以下なのだろうか。以上でもないだろうが、そもそも比べること自体が間違っている気がしてきた。

とにかく離れてもらおうと手を叩くと、昂大は覆い被《かぶ》さるようにして抱き直してきて、浩夢の首元に顔を埋《うず》めた。

ほどよく効いた空調のせいか、昂大の体温がひどく心地いい。なんだかちょっと落ち着かなくて、ふわふわとしている感じだ。

すりすりと鼻先を押しつけてくるのがまるで動物のようだった。

「……楽しいの？」

「楽しいってよりは嬉しい、かもな」

「嬉しい……」

ああそうかと、名前がわからなかった感情がすとんと浩夢のなかに落ちてきた。同時に信じられない気持ちで動揺した。

きっと昨夜あんなことがあったから意識してしまっているのだ。そう結論付け、なんとか昂大を説得して離してもらった。名残惜しそうな顔と態度を見せられたが気づかないふりをした。

「そう言えばさ、昂大って普段の食事はどうしてんの？　欲望のほう」

「おまえが来てからは、おまえのを喰ってる」

「え？」

「ほぼ睡眠欲だけどな」

「あー」

人間の原始的な欲求だし、浩夢は夜遅くなると眠気が断続的に襲ってくるタイプだ。夜ごとに欲求を垂れ流していたのだろう。

納得して頷こうとして、浩夢ははたと気がついた。

「俺の喰ったってことは、俺の行動とか操れる状態だったたってことだよね？」

「やろうと思えば」

あっさり頷く顔はそれがどうしたと言いたげだが、浩夢にしてみれば恐ろしすぎる事実だった。知らないうちに喰われて、そのついでになにをされるかわからないのだから。その気になれば、昂大は浩夢の抵抗を封じるなど簡単だし、さらに言えば浩夢になんでもさせられるということなのだ。

「約束守るよね……？」

「ちゃんと守ってんだろ。おまえ、自分の意思に反する行動取った覚えでもあんのか？」

「……ない」

「そういうことだ。もっと俺のこと信用しろよ」

「マイナススタートなんだから仕方ないじゃん」

昂大も納得したのか、それ以上なにも言わずに起きて行った。その彼が作ってくれた朝食を遠慮なく食べ、浩夢の一日はまたスタートした。

あの夜以来、浩夢は昂大の夢を見たり干渉したりすることを避けてきた。気恥ずかしくて睡眠中の彼に触れることを避けてきたせいだ。

なぜかそれをアリスは把握していて、練習をしろとせっついてきた。おかげで浩夢は夜中に昂大の寝顔を見下ろすはめになっている。

「なんか、いやな予感しかしない……」

そっと触れると、非常に濃い気配が伝わってきて手を離してしまいそうになった。だがアリスの言葉を思い出し、思い切って夢に入ってみた。

場所はまったく同じ、この部屋だった。

（……は？）

目の前にいるのは浩夢と昂大だ。なぜかパーティションが取り払われてくっつけられたベッドの上で、昂大と浩夢が全裸で絡み合っていた。

ピシリと凍り付き、思考も停止する。あまりの光景になにも考えられなくなって、ただ自分が昂大の下でアンアン喘《あえ》いでいるのを眺めることになってしまった。

どう見ても二人は繋がっている。結合部は見えないが、間違いなくそうだ。浩夢は大きく脚を広げ、卑猥《ひわい》な音を立てながら突き上げられ、そのたびにビクビクと震えながら気持ちよさそうに声を上げていた。顔は蕩《とろ》けきっており、喘ぐ合間に「気持ちいい」だの「もっと」だのと譫言《うわごと》のように口にしているのだ。

どうやら夢のなかで二人はすでに恋人同士のようだった。とりあえず強姦《ごうかん》には見えない。浩夢を見つめる昂大の表情は胸焼けしそうなほど甘ったるい。だが浩夢が背中にすがりついた途端に、甘さのなかに獰猛《どうもう》さを含ませた顔になって、激しく浩夢を責め立てる動きに変わった。喘いで乱れる浩夢だが、いやがっているようには見えなかった。

やがてひときわ高い声が耳を打った瞬間、浩夢は我に返った。

(喜ぶなーっ!)

声にならない声を上げた途端、目の前の浩夢がパッといなくなった。自分の下にいた相手が一瞬で消えた昂大は驚愕《きょうがく》の表情で固まっていて、それを見たら少しだけ胸がすいた。

そうしてすぐさま夢から出ると、相変わらず眠ったままの昂大の額をぺちんと叩く。夢を喰うのはやめた。あんな夢はいらない。

目を覚ました昂大は顔をしかめて浩夢の顔を見つめた。しばらく黙ってそうしていたが、やがて大きな溜め息をついた。

「邪魔すんなよ」

「するに決まってるじゃん」

どうやら夢の内容はしっかりと覚えているようで、開口一番に文句を言われた。口説くことは邪魔しないと言ったが、夢のなかで勝手に人を犯しているのを邪魔するのは当然の権利だろう。

「よりによって、あんなとこで消すなよ。俺まだイッてなかったじゃん。せめて俺がイッてから消すとか、配慮しろって」

「知らないよそんなことっ。そもそも勝手に人にあんな……」

「見ようと思って見てるわけじゃないんだから、しょうがねぇだろ」

「まさか、あんな夢いつも見てるわけじゃないよね」

どうか初めてであってくれと願いながら尋ねたのに、昂大は少し考えるように視線を斜め上に向けた。

「あー……さすがにまだ十回は行ってないんじゃね？　おまえがこっちに来てからだし」

「多いよ！」

浩夢がここへ来てまだ二週間くらいだ。二日に一度の割合は多すぎるくらいだろう。

「欲求不満なんだから当然だろ」

「そんなに溜まってんなら自分の欲を喰ってればいいじゃん」

「自分のは喰えねぇんだよ。っていうかおまえ、ひょっとして俺の夢見てちょっと興奮しちゃってんじゃねぇの？　美味そうなの出てんじゃん」

「な……」

かぁっと顔が熱くなって、言い返そうと思っても言葉が出てこなくなった。

昂大の言い分は間違っていないのだろう。さっきから身体が変に熱くて、どうにも身の置き場に困る感覚なのだ。つまり浩夢は性的興奮を覚えているということだ。

恥ずかしい。図星を指されてしまったことも屈辱だった。どうして自分が翻弄《ほんろう》されなくてはならないのだろう。

「自分でやらねぇなら、俺が喰ってやるけど？」

どうすると言わんばかりに顔を覗き込まれ、とっさに浩夢は後ろへと飛び退《の》いていた。

「さ、触んなっ！　もう俺に近づくなよっ……あと勝手に人の気持ちまで読むな！」

あんなものを見せつけられた後に、自分が欲情しているなんて言われて、浩夢はすっかり混乱状態だ。自分の知らない自分を突きつけられた気分だった。

昂大は少し驚いていた。浩夢が半泣きなのが予想外で、どうしていいかわからなかったからだが、やがて溜め息をついて頭をかいた。

「わかったから、泣くなって」

「泣いてないし」

「はいはい。とにかく、お許しが出るまで触んねぇし、勝手に読まねぇよ。近づくなっていうのは仕事してたら無理だから、そこはなしで」

それから昂大は寝直すと言ってまたベッドに入り、浩夢も自分のベッドに横たわった。

気持ちはまた昂っているが、熱は収まりつつあった。もともと身体が反応するほどではなかったせいかもしれない。

（あんな夢見てるなんて思わないじゃん）

自分が抱かれる姿を見るはめになるとは思いもしなかった。しかもかなり生々しく、息づかいや卑猥な音なども聞こえていた。

思い出したくないのに頭から離れなかった。

（勝手に見たって言われたらそれまでだけどさ……夢なんて、本来は人に覗かれるものじゃないし）

少し冷静になって考えてみると、さっきの態度は完全に八つ当たりだ。照れ隠しにも近いかもしれないが、やはり当たってしまったのだろう。

どうしようもない恥ずかしさと戸惑いをごまかすために。

昂大の力も浩夢の力も、いわば他人の心に土足で入り込めてしまうものだが、大きな違いが一つある。浩夢は夢を喰う際に、その内容は詳しく知らなくても問題ない。漠然と楽しそうだとか悲しそうだとかいった感情はわかるが、かなりおおざっぱなものだ。ところが昂大の場合、欲望の種類がはっきりとわかってしまうらしい。考えていることは読めなくても、眠いのか腹がすいているのか欲情しているのか、知ろうとしなくても知ってしまう。

それでも昂大にとって生きるために必要なことなのだ。欲望を読むなということは、喰うなということでもある。

やはり言い過ぎた。なのに論破できたはずの昂大はなにも言わなかった。

明日になったら謝って、一部は撤回しよう。そう思いながら浩夢はきつく目を閉じた。


ところが昨夜の決心は、翌日の昼に空振りとなったことが判明した。

朝起きたときに昂大の姿はすでになく、昼頃に二階へ顔を出すと、そちらの仕事で数日東京を離れるのでレストランは休みだと教えられた。凜斗が一緒だという。

おかげでそれからの数日間、浩夢はかなり悶々《もんもん》として過ごすことになった。

こうなってみて気付いたのだが浩夢は昂大に連絡を取る方法もないのだ。携帯電話は以前から使っていたものがあるものの、番号もアドレスも知らない。話に出たこともないし、そもそも浩夢は一人でビルから出たことがなかったので、誰かと連絡を取る必要もなかった。ましてこの数日はビルに引きこもっている状態だ。

さすがにそろそろ外出したほうがいいかもしれない。一日六時間程度の労働だけでは、なかなか体力もつかないし、なにより不健康だ。昂大が帰ってきたら、出かけないかと誘ってみようか。

（スーパーとコンビニしか行ってないし。外で話したほうが緊張しなくてすむかもしれないし）

ベッドのなかで意味もなく転がっていた浩夢は思いついた考えに満足してパーティションのほうを見つめた。

一人の夜が五日も続き、溜め息の数が増えてきてしまった。自覚もあるし、指摘もされた。店ではミスこそしていないが、客からも元気がないと心配されてしまう始末だ。

問題は誰も彼もが原因を昂大の不在と決めつけていることだった。いや間違ってはいないのだが、寂しいからでは決してない。

しかも昂大が不在のあいだ、客から何度も彼のことを聞かれた。なぜか浩夢にばかり尋ねてくるのだ。すっかりコンビ扱いされていたことを浩夢は初めて知った。

「コンビじゃないし……芸人かっての」

時計を見るとようやく七時だった。今朝はずいぶんと早く目が覚めたので二度寝をしようとしていたのだが、結局一時間以上たってしまった。

起きて朝食の準備でもしようとしていると、玄関から物音がした。

慌ててベッドから出ていくと、ひどく疲れた顔をした昂大がそこにいた。顔色が悪く、少し痩せたように思える。たった五日のうちになにがあったのか。

「お……おかえり」

「もう起きてたのか。早いじゃん」

「うん。まぁたまたまなんだけど……昂大、どうかしたのか？　なんかすごく具合悪そうに見えるんだけど」

「疲れ溜まってんだな。ちょっとシャワー浴びて報告しに行ってくるわ」

「あ、うん」

報告するまでが仕事だというが、帰宅が早い時間になったためにラルフがまだ部屋にいたので十五分後と言われたらしい。昂大はすぐバスルームへと消えた。

十五分では食べる時間もないだろうから、戻って来てから食べられるように支度をすることにした。買っておいたパンでサンドイッチを作っていると、風呂から出た昂大が浩夢に一声かけて出て行った。いつ戻ってくるかわからないが、そんなに時間はかからないだろうと、コーヒーを入れて待っていることにした。

だが一時間待っても二時間待っても昂大は戻ってこなかった。

「……もしかして、そのまま別の仕事とか」

昂大は戻るとも出かけるとも言っていなかった。長引いているだけかもしれないと思い、十時を過ぎてから様子を見に行くことにした。

一応サンドイッチは包んで持った。浩夢も昂大も普通の食事だけでは生きて行けないが、これらが不必要なわけではないのだ。

ノックして事務所に入ると、なかにはラルフしかいなかった。

「おはよう。どうしたの？」

「おはようございます。えっと、昂大は？　報告に来ませんでした？」

「来たけど、三十分くらいで終わって戻ったよ？」

「でも戻って来てないです」

浩夢のいる部屋には戻らず、出かけてしまったのだろうか。気分が落ちて、視線も下がった。

「もしかしてケンカした？」

「してません。けど、俺が勢いで変なこと言っちゃったから……」

「なに言ったのか聞いても？」

やんわりと尋ねられ、少し迷ってから頷いた。一人でこの気持ちを抱えるより誰かに言ってしまったほうがいい。相手がラルフなら抵抗もなかった。

「その……触るなって、言っちゃって。あと勝手に喰うなって。言ったのは勝手に人の欲望とか読み取るなってことだったんだけど、それって喰うなってことでもあるでしょ？」

「昂大の場合はそうだね」

柔らかく微笑みながら聞いてくれるせいか、ラルフはとても話しやすい。皆の親代わりを自称するだけのことはある。

　言葉ではなく視線で、彼は先を促した。

「別に俺のを喰わなくても平気なんだろうけど……どうせなら美味いほうがいいだろうしって思って。帰ってきたらそのへん話そうって思ってたんです」

「そうか。ところでそれは昂大のご飯？」

「あ、はい……一応。余計なお世話かなって思ったんですけど。こんなの食べたって、たいして意味ないんだろうし」

「絶対喜ぶよ。こういう食事はさ、精神面も満たしてくれるからね。昂大ならたぶん店にいるんじゃないかな。前からちょくちょく店で昼寝してたから」

「なんでわざわざ店で？」

「ソファの寝心地が好きなんだって。静かだしね」

　変な男だと思いながら、浩夢はラルフに礼を言って事務所を出た。

　店に入ると、まずかすかなモーター音が聞こえてきた。なかは当然だが薄暗い。窓がないので、メインの照明が落とされていればそういうものだろう。常夜灯程度の明かりを頼りに歩いて行くと、ソファ席から脚がはみ出しているのが見えた。脚だけでも昂大だということはすぐわかる。客に貸し出すこともある膝掛けが、申しわけ程度に上半身を覆っていた。

明かりが乏しくてわかりづらいが、やはり痩せてしまったようだ。そんなにハードな仕事もあるのかと少し不安になった。

そっと手を伸ばそうとして、やめた。自分から触れるなと言っておいてそれはないと思ったからだ。テーブルにそっとサンドイッチを置いて、浩夢は向かいの席に座った。ここにいても仕方ないのだが立ち去りがたかったのだ。

(もしかして、ちゃんと食べてなかったのかな……でもまだ五日だし)

浩夢などは一週間やそこら夢を食べなくても問題はない。以前とは違い、意識して喰うようになってから非常に持ちがいいのだ。

だが果たして昂大もそうなのだろうか。摂食の対象や方法が違うように、頻度や仕組みが違っていても不思議ではない。

規則正しい寝息を聞きながら浩夢はあれこれと考えを巡らせる。

仕事と言うからには、彼の特性が必要な案件だったはずだ。ならば相手の欲望に触れることになる。喰わなくても行動を操ることは可能だと聞いたが、喰わないでいる意味はないはずなのだ。

浩夢と離れているあいだ、昂大は誰の欲望を喰ったのだろう。

(触らなくても喰えるって言ってたけど……)

浩夢はどんな仕事なのかをまったく知らない。昂大ははっきり言わなかったが、ターゲットと親密な関係になったこともあるようだ。もちろん親密だと思わせるように芝居をしただけで本気ではなかったわけだが。

仕事とは言え、誰かとキスをしたりセックスしたりするなんて——。

（無理……っ）

テーブルに突っ伏して浩夢は小さく唸った。これが自室だったら声に出して叫んでいたことだろう。

ひとしきり溜め息をついた後、浩夢は昴大がいる席から離れ、別の席へと移動した。あまり近くにいると起こしてしまうかもしれないと思ったからだ。眠りが深い男なので平気だろうと思いつつも、一応気を遣った。

静かに店内でぼんやりとしていうちに、浩夢も眠くなってきてソファに横になった。なるほど確かに寝心地がいい。

そのまま考えごとをしていたら、つい眠ってしまったらしい。

話し声が聞こえてきて、浩夢はうっすらと目を開いた。

「こいつの寝汚さはなんとかならんのか」

「まぁまぁ。外では気配にも聡《さと》いらしいから」

「寝ていると可愛いんだがな」

アリスとラルフの声だ。どうやら昴大のことを話しているようだったが、当人の声は聞こえないのでまだ眠っているのだろう。

「それにしても、やつれたねぇ……」

「早く起こして喰わせたほうがいいんじゃないか？　死にそうだぞ」

「うーん……浩夢くん、いろいろ葛藤《かっとう》があるみたいだしなぁ」

「あの、どうして私まで……」

そこでもう一人、雪乃の声が聞こえてきて、浩夢は首を傾げた。彼女の疑問はそのまま浩夢のものでもあった。

「ぶっちゃけて言うと、君が一番煩悩まみれだからだよ」

「ひどいっ」

「物欲の塊なのは事実だろうに。ほれ、早く昴大を起こして喰わせんか」

「えー、えーっ」

雪乃は「そんな」とか「なんで私が」と言って、しきりに抵抗していた。相当不本意らしい。

一方で浩夢は、話の流れに唖然《あぜん》としていた。

（喰うの……？　雪乃さんのを？）

その可能性を考えただけで、ひどく不快になった。胸が締め付けられるような、それでいて焼けるようないやな感覚だ。

ただ摂食するだけだ。まさかキスだのその先だのをするはずもない。ないとわかっているのに、たまらなく不愉快だった。

昂大には自分以外の欲を喰って欲しくない。仕事ならば仕方ないと諦めることもできるけれども。

浩夢が一人で悶々としているあいだに、さすがに騒がしかったのか昂大が目覚めた。

「雁首《がんくび》揃えてなにしてんだ」

「食事をしろ。話はそれからだ」

「雪乃さんなんかじゃ無理だ」

昂大は淡々と言い放った。

「なんだかちょっと失礼だけどよかったわ」

「別にあんたがどうこうじゃなくて、浩夢以外がたぶんダメなんだよ」

自分の名前が出てドキッとし、反射的に身体を起こす。ソファに座ったまま、じっと昂大たちがいるほうを見つめたが、皆は浩夢に気づいていない様子だった。

「自覚はあるのか。どんな状態なんだ？」

「誰のを喰ってもクソ不味い。だから行動操るときは、とりあえず取り込むしかねぇけど、喰わないで用事がすんだら捨ててる。なんつーか……あれだ、いったん食いもん胃に入れて後から吐くダイエットみたいな」

「なるほどね」

「でも喰ってなくても、やっぱムカムカすんだよ。異物が入ってる感じ。けど喰うよりはマシ」

「つまり身体が拒否しているわけか」

アリスは溜め息まじりだ。

ラルフが皆の父親という気分でいるように、アリスは皆の祖母くらいのスタンスらしい。本人は明言していないがラルフがそう教えてくれた。

「なんか知ってんのか？」

「古い知り合いに問い合わせてみたんだよ。いろいろ資料を持っているやつでな。どうも昂大の血は、一度相手を定めてしまうと、それ以外の食事を受け付けなくなる傾向があるらしいぞ」

「へぇ、おもしろい血だな」

昂大は喉の奥で笑っているが、声にいつもの張りはなかった。危機感がないのか自棄なのか、浩夢には判断がつかない。

「おもしろがってる場合か。このままだと確実に死ぬぞ？　早いところ浩夢に謝って、頼んでこい。ほら、そこにいるぞ」

アリスの言葉をきっかけに全員が浩夢を見た。

昂大と目があうと、浩夢は意を決して立ち上がった気持ちはもうはっきりしていた。一緒にいたいと思うし、喰われるのだっていやじゃない。むしろほかの人のはあまり喰って欲しくない。キスもしたい、その先——夢で見物させられたことだってかまわない。

そして雪乃に触れるのをいやだと感じたのは嫉妬《しっと》であり、独占欲だ。

「メシ！」

皆が見守るなか、浩夢は昂大に近づいていってその胸ぐらをつかみ、自分からキスをした。

目を閉じる寸前に見た昂大の顔は驚愕を帯びていた。

深いキスをするほど経験はないのですぐに唇は離したが、鼻先が近い距離はそのままで浩夢は笑った。

「まんまと好きになっちゃったじゃん」

「思ってたよりは遅かったな」

「どれだけ自信あったんだよ」

くすくすと互いに笑いをこぼしていると、後ろからアリスがぺしりと浩夢の頭を叩いた。

「部屋でやれ」

「大胆だねぇ浩夢くん。あー、二人とも今日は仕事いいから早く行きなさい。昂大はゆっくり休んで、浩夢くんはお世話をよろしく」

呆れたようにも見えたが、気遣いをありがたく受け取って、店から追い出された浩夢たちは自分たちの部屋に戻った。

昂大の顔色は、朝見たときよりもずいぶんいいようだ。キスしたときに喰ったのだろう。浩夢からしたキスなのだし、飢餓状態の彼がコントロールを失って無意識に喰ったとしてもそれは仕方ないことだ。

座る場所で迷っていたら、昂大が浩夢の腰を抱き寄せてベッドに座った。密着する身体に、心臓がうるさく騒いだ。

「あのさ……」

切り出した浩夢は、あの夜のことを謝った。そしてこの数日間で考えたことを、なるべく整理して昂大に伝えていく。

夢を見るのは不可抗力だということや、本来他人に覗かれるものではないこと。雪乃に嫉妬したこと。触れられるは嫌じゃないし、欲を喰われるのもいやじゃないこと。キスも、その先も、いやだと思っていないこと。

だが昂大は途中では飽きてしまったらしい。

「ようするに俺が好きだから抱かれてもいい、ってことだろ？」

「そうだけど、もっとこうさぁ……」

「じゃあ気の利いた誘い文句でも言ってみろよ」

ハードルの高い注文をつけられたが、いまの浩夢はその気になっている。だから勢いのままに、思った通りの言葉を口にした。

「えーと……いまなら昴大のこと欲しいって思っちゃってるから、食べごろ！」

思いつくまま口にしたら、昴大が小さく噴き出した。

「色気ねぇな」

「どの口が言うんだよ。だいたい俺に色気なんて求めんな」

「可愛いからありだろ。美味そうだしな」

すっかりいつもの調子を取り戻した昴大は、浩夢の顎を指先で拾い上げて、そのままゆっくりと唇を重ねた。

軽く触れて離れて、また触れる。啄《ついば》むようなキスを何度か繰り返した後、肉厚の舌が浩夢のなかに入り込んできた。口のなかを舐《な》められ、くすぐられると、ぞくぞくとした甘い痺れが背中を這《は》い上がってきて、身体の力が抜けていってしまう。

最初にキスされたときは、こんな感覚はなかったはずだ。一方的に貪《むさぼ》られるばかりで、気持ちがいいとは思わなかった。

身体の奥底に眠る熱まで呼び覚まされ、浩夢は無意識に昴大にしがみついていた。そのあいだも少しずつ服を脱がされていたが、キスに気を取られすぎていてまったく気づかなかった。

頭がぼうっとして来るほど長く時間をかけてキスをされて、名残惜しそうに昂大が離れていったときにはもう目は潤みきって吐息は甘くなっていた。

「ふ……ぁ……」

あらわになった上半身に昂大はキスをし、唇と指とで両方の乳首を愛撫していく。刺激によってそこがぷっくりと尖《とが》るのはすぐだった。

片方はこねるようにして指の腹で刺激され、もう片方は舌先で転がされてときおり歯を立てられる。じわじわと甘い痺れが生まれ、浩夢は無意識に自らの指を噛んでいた。

むず痒《がゆ》さが快感へと変わっていくのがわかる。あるいは身体がこの刺激を快感だと知っただけかもしれない。

「ん、んっ」

指にきつく歯を立てていたら、ふいにその手が外されて昂大が口に含んできた。歯形のついた場所を舌でなぞられ、ぞくりと身体が小さく震えた。

「俺にされんのがいやってんじゃねぇんだろ？」

「違う、けど……」

「だったら声聞かせろって。俺が気持ちよくさせてんだから、反応隠すんじゃねぇよ。隠れてやってるわけじゃねぇんだから」

そういうものかと納得して頷くと、昂大はもう一度唇に軽くキスをしてから今度は耳に舌を寄せたり噛んだりし始めた。同時に浩夢の下肢から下着ごとジーンズを引き抜き、先日と同じようにゆるゆると中心を愛撫する。

「あ、ぁ……っん」

触れ方が大きく違うわけではないのに、浩夢のほうはそうじゃなかった。このあいだより気持ちがよくて、自身の変化にひどく戸惑ってしまう。

堪《こら》え性のない身体は昂大に翻弄されて、達する寸前にまで高められた。

だが肝心の刺激を与えることなく手は離れていき、やたらとゆっくり浩夢の脚を開かせていく。そうしてどこから出したのか、ジェルのようなものを指に取って浩夢の窄《すぼ》まったところを撫でた。

びくっと身体が震えた。わかってはいたが、いざ触れられると怖じ気づいてしまう。そこを性行為に使うなんていう発想はつい最近まで浩夢のなかになかったのだ。

冷たく感じたジェルが体温で温まり、少し身体の力が抜けると、見計らっていたように指が入ってきた。

痛くはないが異物感がひどい。しかもなかで動くから、浩夢は泣きそうになってきつく目を閉じる。

「大丈夫だから怖がんな。夢で見たときみたいに気持ちよくしてやるって」

昂大が言うならばそうなのかもしれない。あれはあれで未知の領域過ぎて怖いが、期待してしまう自分がいるのも確かだった。

うごめく指が浩夢に馴染むと、さらに一本指が増やされる。そうやって少しずつ慣らされていくうちにそこが疼《うず》くように感じ始め、意識しないうちに腰が揺れていた。

いやな感覚じゃなかった。むしろ浩夢に期待感を抱かせるようなうっすらとした心地よさがあった。

「あつ……い……」

指で弄られている場所から熱が生まれて、少しずつ浩夢を溶かしていくようだ。

もっと性急に求められるかと思っていたのに、昂大は意外なほどじっくりと愛撫をし、精神的にも肉体的にも浩夢を慣らそうとしていた。

初めてなのに、もどかしいと感じているほどに。

「おまえも、俺が欲しいんだな」

昂大の声がひどく嬉しそうで、不覚にも浩夢はときめいてしまった。ちょっと可愛いなと思った自分は相当昂大に毒されているのだろう。

「かもね」

はっきりと肯定はしなかったが、考えてみれば言葉なんて意味がないのだ。浩夢の欲望は恥ずかしいほどはっきり昂大に伝わっているのだから。

指がすべて引き抜かれ、喪失感を覚える間もなくそこに昂大の欲望を押しつけられる。脚を抱えられ、冷静に考えるととんでもなく恥ずかしい格好で、侵入してくる昂大を受け入れていく。指が何本も入っていたときはそれがもう限界かと思っていたのに、昂大自身は比べものにならないほど大きかった。

壊れちゃうんじゃないかとか、裂けちゃうんじゃないかとか、いろいろと不安が脳裏をよぎる。

「ゆっくり息吐き出せ」

言われるまま、浩夢は何度も大きく息を吐きながら必死で昂大を受け入れた。一番苦しかったところが過ぎたら、少し楽になった。

ひどい痛みというものはなくても、苦しいのは間違いない。目の前が少しチカチカしていた。

かなり気遣われながら深く挿入を果たすと、昂大は宥めるようなキスをした。

離れていくときに目を開けて昂大を見たら、少し前までの窶《やつ》れっぷりはどこにもなかった。浩夢の欲を思う存分喰らっているからだろう。

「なんか……すっかりいつもの昂大じゃん」

安心して浩夢は自分から昂大に抱きついた。らしくないと、とても困るのだ。浩夢まで調子が狂っていけない。

「おまえは大丈夫そうか？」

「うん」

だから続きをしようと言外に告げると、ふっと笑って昂大はゆっくりと動き始めた。

慎重なのは浩夢が初めてということを十分過ぎるほど考慮しているからだ。初対面のときの行動が嘘のように、むしろあれがあったから彼はここまで自制心を働かせているのだろう。

「いいよ、好きに……しちゃって」

むしろもっと欲しがっていい。昂大らしく、激しく求めて欲しかった。

すると昂大は少し驚いた顔をした後、とても彼らしく不敵に目を細めて笑った。

「それ、撤回させねぇからな」

「え……ああっ……」

後ろを穿《うが》つと同時に前も愛撫され、浩夢は声を上げていた。乱暴にされているわけでもないのに、まるで貪られるような気持ちになっていく。熱くて熱くて、たまらなかった。

ぐちゅぐちゅと、濡れた淫猥な音が聞こえる。

達する寸前で放置されていたところは少しの刺激にも敏感だ。その快感が別の感覚と混じり合い、次第になにがなんだかわからなくなっていった。

「ひっ、あっ……あ、あぁ……っ」

深く突かれると頭の先まで抜けるような衝撃に声を上げてしまうし、引き抜かれていくと全身が総毛立つような感覚に泣きそうになる。

気持ちいいのかそうじゃないのか、浩夢にもよくわからなくなった。

やがて前から昂大が手を離し、代わりに腰をつかんでガツガツと穿つようになっても、浩夢は切なげな声を上げ続けた。

「気持ちいいんだろ……？」

「う、んっ」

囁《ささや》くように問われ、素直に頷いていた。認めてしまえば後はもう快楽に身を任せるだけだ。浩夢は昂大にしがみついて、揺さぶられるままに乱れて喘いだ。

浩夢がどうなっているかなんて、昂大のほうがよくわかっているのだ。それは表情や声や、繋がっている身体の反応でもわかるし、浩夢が快楽を求めて昂大を欲していることからもわかる。

上り詰めようとしているのを見て、昂大は浩夢を追い立てるために腰を打ち付けた。

「い……く、あっ……ぁああ……！」

昂大の腕のなかで大きく震え、浩夢は嬌声《きょうせい》を上げながら達した。頭のなかは真っ白で、その後でふわふわとした心地よさが全身を包んだ。

そんな浩夢を強く抱きしめて、昂大もまた終わりを迎える。

熱い息が耳朶《じだ》をくすぐった。好きになった相手の体温と鼓動を感じるのは、とても幸せなことなの

だと知った。

抱きしめられるのも嬉しい。離して欲しくないと、このままでいたいと、そう思ってしまう。

「もうそろそろ、いいよな?」

「……え?」

「二回戦。今度は夢んなかでやってたときみたいに、ぐずぐずに溶かしてやるよ」

浩夢が固まっているうちに、昂大は唇を塞いで深く濃厚なキスをしてきた。そのまま二度目の行為に及ばれて、浩夢はふたたび欲望という厄介なものに翻弄されることになった。

開店前の〈カフェ・ファンタジア〉の片隅で、ラルフとアリスは優雅にお茶を楽しんでいた。来ている従業員は厨房スタッフだけだが、フロアスタッフにもすでに浩夢に休みを与えたことは知らせてある。

「きっと昂大は食欲全開だろうねぇ。両方の意味で」

「適度に浩夢を癒《い》やしておくから問題ない」

「それって際限なくなるだけじゃないのかな……」

恋した相手の欲望は昂大にとって極上の食事だ。美味いのはもちろん、食物で言えば「栄養価が高くてエネルギー量としても大きい」ことになるらしい。そしてあの血を持つ者は喰いたいと思えばいくらでも喰うことができるようで、過剰分はそのまま体力方面に生かされるという。

「まぁ昂大の良識に期待するしかないねぇ」

「目が泳いでいるぞ」

端《はな》からそんなものに期待していないアリスは、紅茶を飲みながらテーブルに置いたままのカードを見やった。

死んだような顔をしている昂大を見かねて、このカードをめくったのはほんの気まぐれだった。だがそれによって彼は浩夢を見つけ出し、その命も失わずにすんだ。

きっといまでも昂大は仲間を見つけるための占いだったと思っていることだろう。

だが事実は違う。ふふ、と笑いながら彼女はカードを手にした。

「また占うのかい？」

「いいや、結果など見るまでもないよ。するだけ無駄だ」

あのときの占いが実は恋占いだと知ったら昴大はどんな顔をするだろうか。古参の仲間たちは知っていることだが、そもそもアリスは恋占いしかできない。だから基本的に求められたときにしかカードをめくらないのだ。

そのうち浩夢から恋愛相談くらいは来るかもしれないが、きっと占いの必要などないくらいの、微笑ましいものになるに違いない。

「人の恋路とは楽しいものだな」

彼女の可愛い仲間たちは揃いも揃って恋愛とは無関係なところで生きていたから、年少の二人が楽しくて仕方なかった。かつての盟友にはなにもしてやれずに終わり、ずっと心残りだったのだ。

今回は役に立ててよかったと、彼女はカップを手に微笑んだ。

ファンタジーは日常に

今日も〈カフェ・ファンタジア〉はすべてのテーブルが埋まっている。

客は女性がほとんどで、見たところ常連ばかりのようだ。なかには今週三度目の来店という強者もいた。

いつものように注文を取り、笑顔を保ちながらパーティションの内側に入る。厨房《ちゅうぼう》とのやりとりが見えないように作られた壁だ。そこで厨房係にオーダーを通し、ふっと息をつく。

慣れてきたとはいえ、疲れるものは疲れる。常に客の目が向けられている状態はやはり精神的な負荷になるのだ。ここに来る前のホテルでの仕事も接客業ではあったが、常に客が自分を見ているわけではなかったし、普通の飲食店でも滅多《めった》にないことだろう。

からからの喉《のど》を潤したくて水を飲んでいると、食器を下げてきた昂大《こうだい》が現れた。

「休憩か」

「水飲んでるだけじゃん」

まるでサボっているように言われるのは心外だ。隙《すき》を見て水分を取ったり、一息入れたりすることはフロア担当に認められている権利なのだ。もちろんそのほかに十五分ほどの休憩時間があり、交代で休憩室に行くことになっている。

フロアに出て行こうとコップを置くと、後ろから肩をつかまれた。

「待て、羽根がずれてる」

「え、マジ？」

それはゆゆしき問題だ。いかにもといったコスプレ感は満載だし、大げさな設定を客に公開しているわけではないが、与えられた役は大きく崩したくない。少なくとも、見られてみっともないような格好はしたくなかった。

おとなしく立ち止まり、ずれを直してもらう。コスプレ感があるといっても店の衣装はいちいち凝っていて、羽根は服の内側に装着したものを服の切れ目から出している。そのためにわざわざ背中の切れ込みが入っているのだ。最初はベルトが丸見えのチープなものだったが、リニューアルして現在の形となった。アリスと厨房係の人たちの手作りだ。

「よし、いいぞ」

「ありがと」

礼を言ってフロアに出て行こうとすると、ぐいっと腕を引っ張られてまた物陰に連れ戻された。その途端客席の一部がざわめくのがわかる。ほぼ全身が見えていたのに、その浩夢《ひろむ》が不自然な形で消えたのだから、なにごとかと思うのは当然だった。

文句を言おうと振り向いた瞬間、不意打ちのように唇を塞《ふさ》がれた。

「っ……」

目を瞠《みは》る浩夢をよそに、昂大は当たり前のように舌を入れた。職場で、それも勤務中にすることじゃなかった。

音を立てないようにしながら抵抗するが、腰はがっちりと抱き込まれているし、顎《あご》もしっかり固定されている。そしてさすがに昂大に対して危害を加えるわけにはいかず、噛《か》むことも殴ることもできない浩夢はされるがままだった。

舌を吸われ、じわんと快感が背中を震わせる。ダメだとわかっているのに、快楽に慣れてしまった身体は浩夢の叱咤《しった》なんて聞いてくれないのだ。

たっぷりと一分近く貪《むさぼ》られ、昂大が解放してくれたときには脚に上手く力が入らなくなっていた。顔だってきっと紅潮している。

「ごちそうさん。少し休んでけよ。そのまま出たらヤバい」

耳元で囁《ささや》くと、昂大は浩夢を休憩用スツールに腰掛けさせて自分はフロアに出て行った。視線はしっかりと浩夢に向けたままだ。

やたらと満足そうな、それでいて艶《つや》っぽい表情に腹が立った。

感情のままに叫ぶなんてことは、もちろんしない。本棚の形をしたパーティションの向こうには大勢の客がいるのだから。

昂大が出てくと、またざわりと客が反応した。ごまかしきれない色の気配を放つ昂大に騒然としている、といった感じだった。

「はー……」

一人で昂大が出て行っただけでこの反応だ。さっき感情のままになにか口走っていたら、比較にならないほどの騒ぎになっていたに違いない。

いま浩夢まで出て行ったら騒ぎはもっとひどくなる。直前、浩夢が何者かに引っ張り込まれたことは一部の客が見ているし、昂大が出て行くときに意味ありげな笑みを浮かべていたことも、客から見えていたはずだ。

またいらぬ想像の種を蒔《ま》いてしまった。いや、浩夢が蒔いたわけではないが、恋人として多少の責任はあるだろう。

赤い顔で唇をぬぐいながら顔を上げると、厨房からこちらを見ていた女性――木下璃子《きのしたりこ》と目が合った。どうやら一部始終を見ていたらしい。

彼女は笑うでも呆《あき》れるでもなく、同情している様子でそっと冷たい水をカウンターに置いた。

「……どうも」

目をそらしてグラスを手にし、クールダウンさせる意味で半分くらい飲んだ。すでに璃子は仕事に戻っている。

浩夢と昂大の関係は、仲間内は全員知っているし理解を示している。というより、性別は特段気にすることではなく、むしろ昂大の変化を歓迎していた。

国内ではラルフや篠塚《しのづか》がまとめ役をしている少しばかり特殊な種族は、恋愛という意味での特別を作らず、また欲しないことがほとんどだ。だから昂大の変化は、この種が新たな局面を迎えているのではないかと期待されているのだ。一般女性——浩夢の母親と結婚しようとしたユベールも同様なのだが、彼は故人でありその真意を確かめることができないので、その息子である浩夢が代わりに注視されているらしい。

璃子はあまり感情をあらわにする人ではないが、例に漏《も》れず温かく見守ってくれているようだ。昂大のテンションに振りまわされている浩夢に対しては、微笑《ほほえ》ましく思いつつも気の毒がっているらしかった。

そんな彼女は既婚者で、この店で狼男《おおかみおとこ》に扮している明剛《あきたけ》の妻という立場だ。ただしあくまで書類上のことで、夫婦関係はないという。仲はいいがあくまで仲間としてであり、生活も別々だ。浩夢たちと同じフロアにそれぞれ部屋がある。

「顔が赤いな」

「ちょっ……」

真後ろから声が聞こえ、危うく変な声を上げてしまうところだった。振り返ると、アリスがにたりと笑っていた。にこりでもないし、にやりですらない。なんとも言いがたい、目をそらしたくなるような笑顔だ。

「気配殺して近づくのやめてよ」

「これが普通だぞ。それより、昂大は相変わらずだな」

「……まさか、見てたとか言わないよね」

さっきまでアリスは店にいなかったのだ。そもそも今日は出ないと聞いていたのに、一体どういうことなのか。

問いかけに対する返事は、意味ありげな笑みだけだった。これはもう肯定と同じだ。いなかったはずなのにどうして、とは尋ねない。アリスにはいろいろと不可思議なことが多すぎて、いちいち突っ込むのは疲れるからだ。

見た目は完璧《かんぺき》な美少女なので、彼女は店での人気も非常に高いが、中身はその何倍も年を取っているのだ。はっきり言って老婆だが、口にするのは恐ろしいので一度も言ったことはなかった。

「客がざわついているな」

「どういうつもりなんだよ、あいつ」

手で顔を扇《あお》ぎつつ、身だしなみを確認するための鏡を覗《のぞ》き込む。まだ赤みは引いていないし、目元が潤んでいるのがわかってしまう。まだ出て行けそうもない。

「マーキングの一種だろう」

「は？」

「浩夢が自分のものだとアピールしたいのさ。直接は無理だから、ああやって間接的にしているんだろうな」

「子供かよ」

ようするにお気に入りのおもちゃを自慢するようなものだろう。恋愛に関して昂大はあまりにも子供っぽいところがある。経験の少なさでは浩夢も似たようなものなので、あまり偉そうなことは言えないのだが。

「そろそろ良さそうだぞ」

「あ、ほんとだ」

ようやく熱も冷めてきたし、客たちも少し落ち着いてきたようだ。さて行くかと気合いを入れていると、厨房から調理係の女性が顔を出した。璃子とは別のスタッフで、名を渡辺《わたなべ》さやかという。

彼女は一卵性双生児の片割れで、もう一人はフロア係をやっているあやかだ。あやかの役柄は騎士の格好をした男装の麗人だが、限られた日だけフェアリー――つまり妖精《ようせい》になる。なぜかと言うと、本人の希望だ。男装ばかりではなく、ひらひらしたものも着たいと言い張るからだそうだ。

白に近いグリーンのひらひらした服は、腕とデコルテが露出したもので、裾《すそ》は長いがスリットが入っていてセクシーだ。妖精と言われてイメージする半透明の羽根はないのに、なぜか妖精っぽさを感じるところが不思議な衣装だった。可愛《かわい》らしいというよりは幻想的な美しさがある。アリスと同じく、あやかも中身は幻想的とはほど遠いものの、そこはまったく感じさせない。

「ケーキ、用意できたわよ」

「おお、きれいだな」

カウンターに載せられたのは小さなホールケーキで、上品なデコレーションが確かにきれいだった。チョコレートのプレートにはバースデーケーキであることを示す文字があり、ロウソクが五本立てられている。おそらく年齢の下一桁《けた》の数字なのだろう。

「そっか、今日はこれがあるんだった……」

アリスの急な登場も、あるいはこのためだったのかもしれない。

店では誕生日の客にあるサービスを行っている。予約時に希望があった場合のみだが、特製のバースデーケーキが注文可能なのだ。さらに希望すれば、フロアに出ている従業員総出で歌うというサービスもある。

浩夢にとっての鬼門だった。

とにかく恥ずかしいのだ。音痴《おんち》ではないのだが、どうしても声が張れないし伏し目がちになってしまう。嫌ではないが気が重い仕事なことは間違いない。

「乗り気じゃなさそうだな」

「なんか、苦手で」

「別にそのままでもいいんだぞ。ウィスパーボイスが可愛くていいと、客も好意的だしな。恥ずかしそうなところがツボらしい」

「はぁ……よくわかんないよなぁ」

「昂大がちょっかいをかけるのも込みだろうな」

「あいつ、無駄に上手いのもムカツクし」

意外なことに、昂大はバースデーソングも嫌がらずに参加している。面倒《めんどう》くさそうに仕方なく、といった態度を故意に作ってはいるが、実は案外乗り気らしい。そして予想外に歌が上手かった。声を張り上げて歌うわけではないのによく響くし、力が入っていない感じが格好いいと客からの評判なのだ。

そんな昂大は歌うときにも必ず浩夢の隣を陣取り、肩に手を置いたり抱いたりしながら歌う。おかげで客の視線はいつも釘付《くぎづ》けだ。

「さて、行こうか」

「はい」

浩夢がケーキを持つと、アリスがロウソクに火を点《とも》した。道具も使っていないのに、勝手に点《つ》いてしまった。

いちいち驚きはしない。最初のうちはぎょっとしていたものだが、人は慣れる生き物だ。

ケーキに気を遣《つか》い、慎重に歩を進めた。パーティションの陰から出て行くと、たちまち視線がいくつも絡《から》んでくる。

常連客ばかりなので、ケーキを見ればこれからなにが起きるのかはわかるだろう。一部の、今日初めて連れてこられたらしい客が、同行者から説明を受けている姿も見られた。

目当てのテーブルに近づいていき、誕生日だという女性の前にケーキを置く。

「お誕生日おめでとうございます」

「ありがとう」

そのやりとりを合図に、歌が始まる。フロアスタッフはテーブルに集まってくるわけではなく、そのときにいた場所で立ち止まって歌うことになっている。ただし浩夢と昂大は別だ。浩夢がどこにいようと、昂大が隣に来るからだ。

いままでいなかったアリスが現れたこともあって客は盛り上がっている。なかには一緒に歌う客もいた。

昂大は浩夢の肩に手を置き、さらに顎まで載せている。とても祝っている態度ではないが、そういうキャラクターで売っているので客は気にしていなかった。それどころか色めき立っているのが感じ取れる。

意味がわからないと、浩夢は心のなかでこっそりと呟《つぶや》いた。

「あー疲れたぁ……」

閉店後の店内で、浩夢はテーブルに突っ伏して唸《うな》った。客の人数は普段と変わりなかったものの、今日の客はオーダーが頻繁《ひんぱん》で品数が多く、少しばかり疲れた。昂大の所業も無関係ではないだろう。伏せた状態から、浩夢は抗議の視線を向けた。

じっと見ていたらしい昂大と目があう。だが反省するどころか実に楽しげに笑っているから腹が立った。

「少しは反省しろよ」

「ちゃんとフォローしたろ？」

確かにサービスが滞ったわけではなかった。だがそれは結果論で、仕事中に相応《ふさわ》しくない行動を取ったのは事実だった。

思わずアリスを見るが、彼女は口出しする気はないようだ。これがラルフだったなら、一応注意くらいはしてくれたはずだ。ただし苦笑しながら、自重するように促す程度だろうが。

「でもお客さんは盛り上がってたわよ」

「あー……聞きたくない……」

あやかの嬉《うれ》しくない呟きに、浩夢はふたたび顔を伏せた。彼女の言葉に否定的な響きはなく、やはり浩夢の味方ではなかった。

さらに明剛が続いた。

「おかげで浩くん、ファン増えたじゃん。なんかもらってたろ」

「……もらったけど」

「これだな」

アリスがどこからともなく小さな箱を取り出して浩夢の前に置く。長細く白い箱で、水色の華奢《きゃしゃ》なリボンで飾られている。

皆の視線に促されて開けると、シルバーのチョーカーが入っていた。

「また増えたねー」

「これで三つめ？　ネックレスも一回あったわよね。確か服も」

「貢ぎもの多いよな。アリスと張るんじゃね？」

「同じくらいね」

浩夢あてにと、週に最低でも二人くらいはプレゼントを持ってくるのだ。身につけるものが多いが、なかには高級なチョコレートや花もあった。アリスも同じようなラインナップでものをもらっていて、彼女の場合は、服装がゴシックなせいもあり、その手の服が趣味の客が積極的に貢ぐのだ。プレゼントを着て店へ出ると客が大層喜んでさらに貢ぐというサイクルになっている。貢ぐのはほぼ全員が女性だが、そこに怪しい意味はない。アリスファンの客曰《いわ》く、完璧なほど似合うアリスに着て見せて欲しいだけ、だそうだ。ようするに生きた着せ替え人形といったところだろう。

しかしながら浩夢にその理由は当てはまらない。アリスが憧憬《しょうけい》を抱かれているのに対し、浩夢は単に愛《め》でられているだけだった。

「ありがたく受け取っておけ。人気があるのはいいことだぞ」

「そうよ。わたしなんて、滅多にもらえないのよ。雪乃《ゆきの》なんて、もらったことないって相当ぶちぶち言ってたし」

「あー……」

浩夢は苦笑しながら乾いた笑いを漏らした。物欲の鬼だと評される雪乃に、かなり羨《うらや》ましげに言われたことがあったのを思い出した。妬《ねた》ましげと言ってもいいくらいだった。

「庇護《ひご》欲を誘うのかねー」

「そうかもしれんな。ま、いまのところ危ないファンもいないようだし、問題はなかろう」

「そういうのってわかるの？」

「安心するといい。百パーだ」

アリスは自信たっぷりに言い切った。どうしてだの、なぜだのと聞くつもりはなかった。アリスがそういうのならば間違いないからだ。浩夢はまだ疑問を抱きはするが、昴大を含めた全員は当たり前のようにそう信じているので、浩夢も余計なことを言うつもりはない。

ふと隣を見て、浩夢は首を傾げた。

「昴大はファン多いわりにもらわないよな」

「怖いんじゃね？」

「浩くんが代わりにもらったりするもんな」

「噛みつきゃしねぇっての」

「浩夢ちゃん限定で、噛みつくようなキスはするみたいだけどねぇ」

あやかは美しい顔に笑みをたたえて話を蒸し返してきた。彼女自身は現場を見ていないはずなので、きっと妹のさやかに聞いたのだろう。

さやかは無口な女性なので、みんなが揃う場にいてもほとんどしゃべらない。だが姉に対してはその限りではないようだった。

「仕事中にすんなよ、昴大」

「ですよねっ？」

ようやく賛同者を得たと思ったのに、明剛は浩夢が想像もしていなかった言葉を昴大に向けた。

「腹減ってたの？」

「まぁ精神的に」

「そういう問題じゃないしっ」

「諦《あきら》めろ浩夢。一般常識が通用する連中じゃないぞ。ここではおまえが異色だ」

一般常識が通用しない筆頭であるアリスに言われ、がっくりと力が抜けた。気にしたら負けだと、自分に言い聞かせる。もう何度目になるかもわからなかった。

「常識を気にするなんて、本当に変わったタイプよね。同種とはいっても若くなればなるだけ、新しいタイプになっていくのかしら」

「かもしれんなぁ」

浩夢は誰よりも普通の人の感覚に近いし、ついこのあいだまで一般社会で暮らしていたので常識的にも一般的なのだ。それでも少しずつ慣れてきてはいるが、まだまだ仲間たちのズレにはついていけない部分も多い。

「客からすっかりカップル扱いだが、事実だから仕方ないな」

アリスの言葉に浩夢を除く全員が同意した。

店内ではなるべく昂大と接触しないように、余計な言葉を交わさないようにしている浩夢だったが、昂大が積極的に絡んでくるので努力は徒労に終わっている。それが客から見ると、逃げる天使に追う悪魔という構図となり、余計に湧いていることを浩夢は知らなかった。

「お待たせ」

厨房から璃子とさやかが遅い夕食を持って出てきた。こんな時間だが浩夢たちは気にせず食べる。女性陣もダイエットだなんだと言い出すことはない。遅い時間になにをどれだけ食べようと健康を害することにはならないからだ。

生命維持のためにはそれぞれの「食事」が不可欠で、普通の食べものだけでは生きていけない。とはいえ不必要というわけでもなく、嗜好品《しこうひん》としての意味もあった。

なにより大勢で囲む食卓《しょくたく》というものは、コミュニケーションの場として最適だ。隣に陣取っている昴大からのちょっかいをなかば無視し、皆と雑談をしながら浩夢は楽しく食事を取った。

浩夢の朝は少し遅めに始まる。仕事が終わるのが遅いせいもあるが、だいたいは昂大のせいだ。眠るときは昂大の腕のなかで、これは浩夢が夢を喰《く》えるようにするためだ。手を繋《つな》ぐだけでもいいんじゃないかという主張は、眠ったら離してしまう確率が高い、と却下された。納得はしたが、実際のところはよくわからなかった。

とにかく浩夢はそれに慣れた。疲労困憊《こんぱい》で落ちるように眠るので、気にしていられないというのが正確なところだ。

相変わらず盛っている彼は、夜な夜な浩夢にのしかかってくる。恋愛の意味での欲求がそうさせるのもあるだろうし、浩夢が放つ欲望を喰いたいというのもあるのだろう。

「回復させてもらえなかったら、俺って死んでるな」

ブランチを終え、ゆっくりとコーヒーを飲みながら思わず呟く。

「そこまでヤワじゃねぇだろ」

「たとえだよ、たとえ！」

昂大の馬鹿《ばか》みたいな恋愛テンションと体力によって毎夜ごっそりと体力やらなんやらを搾り取られているが、起きたときには嘘《うそ》のように元に戻っているのだ。筋肉痛もなければ、あらぬところの違和感や腫《は》れもないし、喉も治る。ついでにベタベタとつけられたはずのキスマークも消えてくれた。

どうやらアリスがなにかしらの術をかけているらしい。浩夢自身もだが部屋全体が守られていて、その恩恵は計り知れなかった。その一方で、回復されていること自体が長引く原因の一つでもある。昂大もだが、浩夢が体力的な限界を迎えるのも遅くなっているのは事実なのだ。

「別にいいじゃねぇかよ。一晩寝れば回復してんだから」

「どっかのゲームみたいだよね。あーもう、ちょっとは飽きろよ」

「なんでおまえとのセックスに飽きるんだよ」

「ペースとか回数とか、もうちょっと落ち着けって話」

年齢的に仕方ない、とは思っている。問題は浩夢たちの場合、今のままの身体的な状態がこの先長く続くということだ。

浩夢たちは不死でも不老でもないが、老化は著《いちじる》しく遅い。これはアリスの術によるものなので拒否することは可能だが、意味なく止めることを望む者はいないようだ。

浩夢もいまのところ術を止めてもらうつもりはない。数年したら少しは止めてもらおうと思っているのだが、止めることはできても若返らせることはできないので、よく考えるようにと言われていた。

浩夢としてはいますぐ昂大に十歳くらい老けて欲しいと思っている。そうすればいまほどの精力も体力もなくなるのではないだろうか。

とはいえさすがに無茶な話なので、後は精神的に落ち着いていくのを期待するばかりだ。

「仕方ねぇだろ。おまえ見てるとムラムラするし、やり始めると止まんねぇんだよ」

「確かにねー、一回で終わってくれたことないですよねー」

浩夢はセックスが嫌いなわけじゃない。気持ちがいいことは好きだし、好きな相手との行為に喜びを感じていることも事実だ。しかしものごとには限度というものがある。ほぼ毎日、何時間も喘《あえ》がされる身にもなって欲しいものだった。

「おまえだって喜んでんじゃん」

「最後のほうは、だいたいやだって言ってるよね！」

「やだとか言いながら、むちゃくちゃよがってるよな。顔もとろとろだし気持ちよさそうにアンアン喘いでるし、いきっぱなしだし」

「それがキツいって言ってんの！」

気持ちよくないなんて浩夢は一言も口にしていない。むしろよすぎるから困っている。快感があまりに強くて、神経や脳が焼き切れたり溶けたりするんじゃないかと怖くなってしまうのだ。もちろんそんなことはないと知っているが、知っていてもそのときは快楽から逃げたくなってしまう。

「けどさ、最後まで俺がおまえの欲喰えてるってことは、おまえも俺を欲しがってるってことだよな。もっと気持ちよくなりたい、やめて欲しくないって思ってるわけだ」

「それは……」

「言っとくけど隠しようがねぇことだからな。おまえが本気でやめろって思ってたら、俺には伝わるんだよ。だから俺はやめねぇの」

返す言葉もなく浩夢は顔を背ける。昴大の勝ち誇ったような顔を見たら、無言で手が出てしまいそうだった。

昴大にはわかるまい。後ろでの快感のすさまじさも、気持ちいいのにいやだと思ってしまうことも、馬鹿野郎と怒鳴ってやりたい一方でたまらなく愛《いと》おしく感じるこの心も。

抱かれると身体《からだ》はいつだって暴走して、心の一部もおかしくなる。理性がどこかへ行ってしまい、このまま壊されたっていい、むしろ壊して欲しいと思う自分が確かにいる。

だからきっと昴大の言うことは正しいのだ。

「降参か」

「うるさい。もういい」

一方的に話を終わらせ、浩夢は小さく息をつく。

大前提として、昴大に「するな」とは言えないのだ。なにしろ欲望を主食とする彼にとってセックスは、生きていくための「食事」の手段でもあるのだから。キスでもある程度は供給できるが、セックスとはやはり比べものにならないらしい。

そんな昴大はいまや浩夢の欲望しか受け付けなくなってしまっている。なのに浩夢は普通にしていたら欲というものをあまり感じない。ここでの生活は満たされすぎているせいで、余計にそうなったのだ。物欲や金銭欲、名誉欲といったあたりはもともとないし、衣食住が満たされているというのも大きいだろう。あるのは睡眠欲くらいだ。

恋愛絡みの欲は、ほとんど外へ出ない浩夢には縁がなかった。嫉妬《しっと》や独占欲を抱くシチュエーションがまずない。以前一度だけあったが、ちょっとしたものだったし誤解は解けたので現在は憂《うれ》いすらなかった。外部との接触という点では客は毎晩来るものの、そこに嫉妬心を煽《あお》る要素は皆無だ。昂大のファンも少なくはないが、彼女たちの視線は憧《あこが》れのアイドルや好きなキャラクターを見るようなので、いまのところ恋心や下心を抱く客に遭遇したことがない。

(むしろなんか俺との仲を応援してるし)

まったく意味がわからない。浩夢たちが絡んでいるのを見て喜んでいるだけならば、まだなんとか理解はできた。共感はできないが、そういうジャンルの趣味があるのだと教えられて一応納得はしている。だが現実にくっつくことを期待するというのはいったいどういう思考回路なのか。

考えても仕方ない。とにかく恵まれた環境に身を置く淡泊な浩夢に欲望を抱かせるのに、一番手っ取り早いのがキスやセックスというわけだ。恋人としているという気持ちと快楽で、浩夢はいつもその気にさせられてしまう。

「そろそろ行くから」

「じゃあ俺も」

浩夢たちはブランチの片付けをして部屋を出た。

今日は昂大もゆっくりだ。浩夢が起きるのを待ってから出かけることもあるが、半分くらいは眠っているうちに出かけて行く。二階のコンサルタント事務所での仕事のためだ。

「昂大は行かなくてもいいんじゃないの？」

「おまえだってそうだろ」

「俺は事務の手伝いすんの。昂大は基本呼ばれたときしか行ってなかったんだろ？」

「いいんだよ」

強く戻れというほどのことでもないので、二人して事務所のドアを叩《たた》いた。

「おはようございまーす」

二階の事務所へ顔を出すと、ラルフが一人で留守番をしていた。パソコンに向かい、なにか文章を打っている。彼は海外の仲間ともよく連絡を取りあい、情報交換や依頼をしあったりしているのだ。

深刻そうな気配はないので、特に厄介ごとは起きていないのだろう。

とても平和だ。そもそも毎日の生活が緩い。これがまだ少し慣れなくて、浩夢としても少しばかり思うところがあった。

「おはよう」

「なにかすることないですか？」

いきなり尋ねると苦笑が返ってきた。

かつての職場だったなら自ら仕事を見つけて行動していたものだが、ここではそうもいかない。聞かないと、なにをしたらいいのかわからないからだ。常に清掃は完璧な状態だし、事務仕事は浩夢の立場ではわからない。お茶を入れようにも、デスク上には各自の好むドリンクがある。不思議な力でベストな状態を保ちながらだ。

よって尋ねるしかないのだ。

「浩夢くんは働きものだよね。ワーカホリックとは違うみたいだけど」

「なんか落ち着かないんですよね」

空いている椅子に座り、ふうと溜《た》め息《いき》をつく。平日はほぼ毎日来ている身だが、決まった席というものはない。やることが決まっていないからだ。言いつけられれば雑用をする程度で、それすら滅多にないのだ。

昂大は黙って隣に座った。彼もまたすることはなく、パソコンを立ち上げてニュースサイトを見始めた。

「落ち着かない、ねぇ」

「だって夕方までヒマすぎて」

「うーん……だったらやっぱり大学にでも行ったら？　あと四カ月くらいしかないけど、なんとかなるんじゃないかな。成績はよかったわけだし」

「大学かぁ……」

それはやはり魅力的な提案だった。浩夢のなかには最初から進学という選択肢はなかったけれど、大学への憧れは抱いていた。確かに現在の環境ならば可能なことだ。高望みをしなければ学力も問題ないし、そもそも特定の大学を狙《ねら》っているというわけでもないから、行きたい学部で条件さえよければ合格圏内の大学はいくらでもあるだろう。

だが浩夢はかぶりを振った。

「大学はいいです。これって目的もないんで」

「隣に休学中の子がいるよ。特に君も目的はないよね」

「……そう言えば大学生だったよな」

実は昴大は大学に籍があると聞いたときは驚いた。本人曰く、大学はとても退屈でつまらなくて、自分には必要ないと感じてしまったという。だったら退学すればいいのに、ラルフたちが休学にしておけと言ったのだ。気が変わるかもしれないし、必要と感じるときが来るかもしれないからと。

ちなみに凜斗と明剛と璃子は大学を出ているそうだ。

昴大はしれっと言った。

「おまえが行くなら、付きあうけど」

「だから行かないって。俺は働きたいの！」

「昼近くまで寝てるやつがなに言ってんだ」

鼻で笑うその顔が憎たらしくて、浩夢は眉をつり上げた。そんな反応すら昂大を楽しませているとわかっていても止められなかった。

「誰のせいだよ！」

「俺だな」

「わかってんなら……そうだ、朝から仕事だって思えばさすがに控えるかも……！」

そのためにも事務所の仕事を入れてもらえないだろうか。資格も特技もない身だが、必要ならば専門学校へ行かせてもらおう。

「ところでラルフいるけど、忘れてねぇか？」

指摘され、浩夢ははっと息を飲む。いくら関係を知られているからと言って、床事情について聞かれて平気ではいられない。いや、こちらが勝手に話したのだが。

ラルフの顔を見ると、彼は苦笑を浮かべていた。

「朝から仕事なんて、それだと働きすぎだからね。浩夢くん、いまだって週五で六時間労働はしてる状態だよ？」

「それって少ないですよね？　ちゃんと休憩もあるし。そのわりに給料いいですよね？」

「特殊な格好して夜の飲食店で働いてるんだから、そんなものじゃないかなぁ」

「ホテルにいたときより給料いいんですけど。働いてる時間はずっと短いのに……」

「それは場所というか、地方と都心の差もあるよ。同じ接客業でも形態が違うしねぇ」

ラルフの言葉には納得しているつもりだが、どうにも浩夢は落ち着かないのだ。いままで自分の時間というものが少なかったせいもあるのだろう。施設にいた頃《ころ》は、小さな子の世話や職員の手伝いで手一杯だったし、就職してからはとにかく疲れがひどくて仕事以外は横になったり眠ったりしていたからだ。

「つまり時間の使い方がわかんねぇんだな」

「可哀想《かわいそう》なもの見るような目しないで欲しいんだけど！」

「いや実際ちょっと可哀想になってきたよ」

不憫《ふびん》だ、と呟きながらラルフは目頭を押さえた。

これには大いに反論した。別に浩夢は不憫でも可哀想でもない、むしろ日々は充実していたのだ。家族には恵まれなかったが身近にいたのはいい人ばかりだったし、学校で多少、偏見の目で見る者はいたがそれ以上に味方になってくれる人がいた。

「そういうことじゃねぇと思うぞ」

「昂大、いますぐ浩夢くんを連れて遊びに行っておいで。お小遣い渡すから」

「ラッキー」

よくわからないうちに話が決まり、浩夢は昂大と外出することになった。いきなりのことなのに、あっさりと乗った昂大に対し、浩夢はついていけないでいる。

「その前に着替えておいで」

「おう」

「えっ」

手を引っ張られて、そのまま事務所を出た。振り返ってぺこりと頭を下げると、ラルフは笑顔で見送ってくれた。

この服ではだめな理由がわからない。以前から持っていたジーンズとカットソーという、ごく普通の格好なのだ。外へ出て恥ずかしいことはないはずだった。

「なんでわざわざ」

「ここにいるときと気分変えろってことだろ」

「……そういうもの？」

わかるようでわからない、というのが正直なところだった。それでも拒否するほどの理由もないのでおとなしく従うことにする。

階段で自分たちのフロアに上がると、ちょうどエレベーターが止まって明剛が出てきた。どこからか帰ってきたところらしい。

「あ、ただいまー」

「え……」

明剛を見てぎょっとした。彼は左肩に小さな猿を乗せ、右肩には猫をしがみつかせていた。種類まではわからないが、海外の猿であることは確かだろう。猫は黒猫で、さほど大きくない。じっと浩夢を見つめる目の色は金色だ。

「疲れたよー、眠い」

「お疲れ」

「うん、おやすみー」

手を振って自室に入っていく明剛を、浩夢は呆然《ぼうぜん》と見送った。

ペットを飼っているという話は聞いていたが、猿や猫をあんな状態で連れて歩いているとは知らなかった。猿はまだしも、猫までもが肩にしがみつくような形で外出可能だとは。

「……なんか、やっぱりいろいろとおかしい気がする」

「明剛が動物使いなのは知ってんだろ？」

「知ってるけど……」

「意思の疎通が図れるし、操るっていうか……まぁ指示できるというかな」

「なにそれメルヘンじゃん」

明剛はその力を使って事務所の仕事もしているらしい。先ほど見た二匹のほかにも、犬やネズミやオウムやフクロウなど、いろいろな動物が部屋にはいるのだ。

静かなのでまったく気がつかなかった。一応夫婦なのに璃子と別居しているのは、事実上の夫婦ではないことだけが理由ではないのだろう。

そう、二人は一応籍が入っている。偽装結婚のようなものだが、仲は良好だ。ただその仲が身内のものであるというだけだ。

今度遊びに行ってみよう。ひそかに心に決めて、浩夢は自室に戻ることにした。


「俺に……？」

やることがないと溜め息をついていた浩夢がラルフに呼び出されたのは、廊下で明剛に会った日からちょうど一週間後のことだった。

呼ばれたのは浩夢だけなのに、なぜか昂大までついてきている。帰れと言ったが聞かなかったので早々に諦めた。

昂大と並んで座ると、ラルフは「頼みたいことがあるんだ」と切り出した。

「君の能力の出番だよ」

ついにこの日が、と自然に力が入る。昂大のように、自分も仲間のための仕事をしたいと思っていたのだが、いざ話が出ると緊張して落ち着かなくなった。

「でもよラルフ。こいつ夢のコントロールとか干渉とか、全然慣れてねぇぜ」

「そうなのかい？」

「毎日俺より早く寝ちまうんだから練習なんてできてねぇよ。起きんのも俺より遅いし」

「寝る子は育つって言うもんね。あ、もう育たないか」

あはは、なんて軽く笑うのは事務で来ている雪乃だ。いまは手を休めてお茶を飲みながら話に加わっていた。

微笑ましげな彼女に、浩夢は言いたいことをぐっと飲み込んだ。

まるで浩夢がよく寝る子供みたいな雰囲気で言われているが、そんな可愛らしいものではない。貪られて根こそぎ体力を奪われて、気絶するように眠るだけの話なのだ。

せっかく浩夢が黙っていたのに、昂大は余計なことを言った。

「寝るっつーか気絶？　失神？」

「え？」

「昂大っ……」

余計なことを言うなと彼の口を手で塞ぐと、雪乃はすべてを納得した様子でとても生ぬるい目を向けてきた。

「アリスが回復かけてくれてるわけでしょ？　それが追いつかないって……うん、昂大くんったらケダモノね」

頰《ほお》に手を当てて溜め息をつく様子は、たおやかで上品だ。黙っていれば清楚《せいそ》で可憐《かれん》な美女なのに、ファッションやコスメといったものに執着する、アリス曰く物欲の塊《かたまり》、ラルフに言わせると煩悩《ぼんのう》まみれ、なのだ。彼女は大量の服やアクセサリー、バッグや靴を持っているのに、このビルから出ることは滅多にない。せっかく着飾っても見せるのは身内だけというもったいなさだ。

この人も残念だなと思いながら見ていると、昂大が浩夢の手を外してぎゅっと握りしめてきた。外そうとしても外れなかった。

「こいつがヤワなんだよ」

「俺は普通だし」

「またイチャイチャして。自分の欲望が食べられたらよかったのにね。そしたら昂大くん、飢え知らずよ。あ、違うか。浩夢くんに飢えちゃってるもんね」

「あんたの物欲もとんでもねぇけどな」

「いいじゃない別に。誰にも迷惑かけてないもん」

むしろ積極的に買いものをしていることで経済の活性化に一役買っている、などと大仰なことまで言い出した。かなり言い慣れているふうなのは、同じようなことを言われるたびにそう反論しているからだろう。

黙って聞いていたラルフが、ここでようやくコツンと机を叩いた。

「話を戻していいかなぁ？」

「あ、どうぞ」

「僕としては浩夢くんの能力に関して心配はしてないから。意外とね、なんとかなるものだよ。君のお父さんもナチュラルにやってたみたいだし」

ラルフは懐かしそうに目を細めた。

「でもなんで俺なんですか？」

「デリケートな話でね。君が適任じゃないかってことになったんだ」

「危険はないんだろうな」

なぜかついてきた昂大の問いに、ラルフはもちろんと頷いた。そうして今回の資料を浩夢に差し出した。

「この子なんだけど……」

見せられた写真は小学生低学年くらいとおぼしき少年のものだった。瘦《や》せこけてしまっていて目ばかりが目立つものの、おそらく顔立ちはかなりいいはずだ。とはいえその顔からは表情が削《そ》げ落ちており、ひどく痛々しい。

「この子……病気なんですか？」

「たぶん数カ月前の君と似たような状態」

「あ、それってつまりこの子も？」

新しい仲間が見つかったということなのだ。わずか数カ月のあいだに立て続けに見つかることは珍しいとラルフはつけ加えた。

「現在入院中だから、浩夢くんにはここに行ってもらうことになるね。都内だし、送迎はするから安心して。片道二十分くらいだし。ただ何度か通ってもらうことになるとは思う」

「はぁ。あの、それで俺はなにをすれば……この子の夢を見るってことですか？」

「それもあるんだけど、なんとかこの子の心を開いて欲しいんだ」

「え？」

つまり少年は心を閉ざしているということだ。思ったより深刻そうな気配を感じて身がまえると、ラルフは困ったような表情を浮かべた。

「心の病気ってほどではないと思うんだよね。ただなんていうか……かなり捨て鉢になってる感じなんだ。生きることに後ろ向きというか、なんにも期待してないっていうかね」

「ええと、家族は？」

「五年前に母親を亡くして、最近まで親戚《しんせき》のところにいたんだけど、どうもその家に問題があったらしくてね」

「まさか虐待……？」

「ネグレクトが疑われてる。見ての通り明らかに栄養失調だけど、これは特殊な体質のせいかもしれない。十歳なんだよ。けど発育が悪いからもっと小さく見えるだろう？」

「はい」

仲間であるならば、普通の食事以外に固有の「なにか」が必要になってくる。少年はそれが足りない状態なのだ。

写真を手にとって眺めていた昂大は、それを机の上にぽいと放り出した。

「こいつの系統はわかってんのか？」

「いや。成長も遅いし、まだ能力は出てないんだと思う」

少年の生い立ちは複雑だ。五歳まで両親と暮らしていたが父親が誰かは不明で、親戚も父親のことはなにも知らなかったようだ。どうやらルーツとしてはその父方らしく、母方の親類にその兆候はない。ただし引き取っていた一家は先日事故で亡くなってしまったので、死亡した者のなかにいた可能性は否定できないが。

「なんでこの子だけ生き残ったんですか？　一家で遊びに行くのに、一人だけね」

「留守番させられてたみたいだね。一家で遊びに行くのに、一人だけね」

「十歳の子供一人置いて、旅行？　ひどいな……」

事故の後、自宅に別の親類が行ってみたところ、少年が倒れていたということらしい。運び込まれたのは篠塚の病院で、運よく発見できたということだった。

「発見した親戚は？」

「この子にとっては他人だね。亡くなった母親の兄一家に引き取られたわけだけど、見に行ったのは奥さんの親戚なんだ」

「つまりまったく血の繋がりないってことか」

「うん。亡くなった親戚に愛情があったとは思えない状況だけど、とりあえず暴力を振るわれたような形跡はなかったよ。だからって絶対なかったとは言い切れないけど、まぁ大丈夫かなと」

大人が近寄っても触れても、怯える様子はないそうだ。ただし徹底した無関心で、誰ともまだ視線をあわせないらしい。

「どうなるんですか、この子」

「もちろん引き取るよ。ただその前になんとかしたいんだ。実は一言もしゃべらなくてね。声が出ないというわけじゃないんだけど……」

「カウンセラーの領域じゃねぇのか？」

「もちろんそれも考えてるよ。でも浩夢くんのほうが適任じゃないかと思っているんだ。アリスも同意見だったよ」

「が……頑張ってみます」

初めて役目がまわってきたのだ。店でも役割はあるが、仲間の役に立つという意味では今回のほうがずっとやりがいがある。

膝《ひざ》の上に置いた手にぐっと力を入れて意気込む浩夢を、ラルフは保護者の目で、雪乃はあまり興味なさそうに、そして昂大は少し心配そうに見守っていた。


案内係として浩夢に同行したのは、篠塚の親類という立場にある璃子だった。これは実際にそうで、少し遠いが血の繋がりがある。能力的にも「食事」的にも同じだ。

運転手を買ってでた昂大が駐車場で待機しているのは、少年に威圧感を与えかねないという配慮だった。本人も子供は苦手だと言って病室まで行く気はないようだった。

「こんにちは」

ノックをして入った病室は個室で、付き添いの保護者が寝泊まりできるように簡易ベッドも置いてある。広くはないが、設備は十分だろう。

ただし少年には現在、寄り添ってくれる者がいない。現在は篠塚の知人である弁護士が後見人になっているが、あくまで名義だけの問題で実際は篠塚の保護下にある状態だった。

少年の名前は翔真《しょうま》。姓はいずれ変わり、身内の誰かのものになるだろう。いまのところ明剛と璃子夫妻の養子になる可能性が高いと聞いている。

翔真はタイミングよく眠っていた。彼は一日の大半をこうして眠って過ごすという。栄養状態が悪い以外に異常は見当たらないが、とにかく体力がなくて意識を保っていられないらしい。

実際に会ってもやはり小さいという印象だ。施設にいたときに何人も子供を見てきた浩夢には、八歳やそこらに見える。痩せて、顔色も悪かった。

慢性的に栄養が足りなかったのだ。やはり本当の「食事」が足りていないのだろう。聞けば親類は学校や近所から虐待を疑われていたため、食べるものや衣服などは十分に与えていたらしい。おそらく数年前から、「食事」面に関してはすでに身体が特殊なものに変化していたのだ。そのあたりの変化や覚醒の時期はまちまちで、個人差というよりも能力ごとに異なるらしい。能力と「食事」内容は関連性があり、同じ能力を持つ者同士は「食事」も同じか似通ったものになるという。

浩夢はベッド脇《わき》の椅子に座り、すぐに翔真の手を握った。

頼まれたことは、まず記憶を見ること。そこでできるだけ多くの情報を持ち帰ることだった。

璃子は少し離れたところに座る。なにかあったときのための付き添いだ。

目を閉じて夢を覗くように意識すると、脳裏には光景が浮かんでくる。ひどく暗くて、なに一つ具体的ではない。まるでモノクロの抽象画を見ているようで、ものの形も曖昧《あいまい》だ。室内か外かもわからない。

（音もない……）

そんななかに、翔真が座っていた。膝を抱えて、下を見て、ぴくりとも動かない。

いきなり話しかけてはいけない気がした。ならば自分になにができるだろうか。ただ見ているのでは意味がないし、夢に降り立つことはしないほうがいい。

（だったら、ちょっとまわりを変えてみる……？）

こんな暗くて意味不明の空間ではなくて、もっと明るくて優しい雰囲気の空間に。

意識すれば即座に景色は変わった。菜の花畑と青い空に、どこかで鳥が鳴く声。資料として見せられたなかに、翔真が母親と一緒に写っている写真が数枚あった。どこかへ出かけたのか、背景は菜の花畑と青い空だったのだ。

母親は登場させなかった。良い意味でも悪い意味でも刺激が強いのではないかと思ったからだ。この景色を見て、自分で母親の夢を見るならば別だが。

翔真は顔を上げたが、そのまま動かなかった。そして最後まで浩夢が見せていた景色が変わることもなかった。

これはつまり、翔真の感情を動かせなかったということだ。

浩夢は見切りをつけて目を開けた。浩夢が夢から離れたからといって翔真が見ているものが消えるわけではない。もちろんずっと同じものを見続けるという保証もないが、何もないモノクロの世界に戻らなければいいなとは思う。

振り向くと、璃子が小さく頷いた。今日はここまでだ。二人で無言のまま病室を出て、ドアが閉まったところで自然と息をついた。

「お疲れさま」

「なんにもわからなかったけど……」

「最初からなんて無理よ。浩夢くんだって、夢を見てわかったでしょう？」

「はい……」

もともと時間をかけるのが前提なのはわかっていたが、どうにも手応《てごた》えのようなものを感じられず、少しだけ途方に暮れてしまう。

用事があるからという璃子と別れ、浩夢は一人で昂大の待つ車に戻った。駐車場の片隅で、昂大はシートを倒して眠っているように見えたが、浩夢が近づいていくと目を開けて身体を起こした。

「ただいま……」

助手席に乗り込み、顔も見ないで呟く。自然と溜め息が漏れた。

「上手くいかなかったのか？」

「なんか……手応えがまったくない」

情報を一切得られなかったと告げると、まるで慰めるように頭を撫でられた。

「一回で片付くようなものじゃない、ってラルフも言ってたろ」

「それはもちろんわかってるよ」

「ガキのメンタルだぞ。慎重すぎるくらいでちょうどいいんだ」

意外とまともなことを言うなと思いながら顔を上げ、ふと思い出した。昂大も血縁者との関係が非常によくなかった人間だ。浩夢よりも翔真の気持ちがわかるのかもしれない。

「とりあえず帰ろ」

昂大を促して車を出してもらい、シートに沈んだまま家に戻った。店が始まるまではまだ時間があるし、そもそも今日は二人とも休みだ。

ゆっくり部屋で休もうとしていると、昂大の携帯電話に着信があった。ラルフからのメールだった。

「悪い。ちょっと行ってくるわ」

「うん。気をつけて」

浩夢の役目とは違い、昂大はときに安全とは言いがたいことをしているらしい。詳しくは知らないのだが、仲間たちの戸籍や出入国の記録の取得や改ざんのために、人を操ったり忍び込んだりすることもあるそうだ。

今回、翔真を引き取るに当たってスピーディーにことが運んだのも、裏で仲間たちが暗躍していたからだった。

昂大は役目のために仕方なく他人の欲望を喰うはめになるので、気分を悪そうにして戻ってくることはしばしばだ。浩夢の欲望以外は「食事」として受けつけなくなってしまったせいだ。

昂大曰く、普通の食事に例えると食べてから吐くような感じらしい。まずくて気分が悪くなるが、操っているあいだは捨てられないようだ。まるで異物のように不快なのだとも言っていた。

一人で部屋に戻った浩夢は、ベッドに腰掛けて溜め息をついた。

なんとなく、昂大のほうが仲間の役に立つことをしている気がする。浩夢の能力は使い勝手が悪いので仕方ないのだが。

「うーん……」

充実感が薄い。一言で表すならば、いまの浩夢はそういう状態だった。環境や待遇には満足しているのだが、昂大たちとは違う能力に少しばかり焦りを感じてしまってもいる。

いまのままでは、なにも返せず一方的にもらうばかりだ。

浩夢はまた小さく溜め息をついた。


あれから毎日、浩夢は病室に通った。

翔真は眠っているときもあれば、そうでないときもあった。後者の場合はゆっくりと話しかけてみたり、持って行った本を渡して自分も近くで読書したり、反応を見ようとテレビをつけてみたりした。問いかければ、返事はする。これは浩夢に限ったことではなく、誰に対してもそうらしい。ただし答えたくないことには黙り込むし、自分からなにか声を発することもない。

読書は好きなようで渡した本は読んでいた。ジャンルとしてはファンタジーや冒険小説を好むようだ。

だが距離が縮まったという実感はなかった。夢も何度か覗いたが、部屋の光景が病室に変わっただけで、相変わらず翔真は一人だった。

「まだ一回も視線あわせてくれないしさ」

昂大を前に、つい愚痴《ぐち》のように漏らしてしまった。彼はまだ一度も病室に入ったことはなく、たまに送迎をしてくれるのみだ。

「雰囲気はどうなんだ」

「え、雰囲気って？」

「近づくと逃げるとか、怯えてるとか」

「あー……どうだろ。一応、意識は向く……感じ？」

視線も顔も向けないが、浩夢の動きには注意を払っているし言葉にも耳を傾けている、という印象だった。実際、質問はけっして無視しない。ただし頷いたりかぶりを振ったり、ということが多く、滅多に言葉では返さないが。

「ふーん。拒絶されてないならいいんじゃねぇの」

「それはラルフたちも言ってたけど……」

「だったら焦んな。もうその話はいいだろ。デートだぞ」

「あ、うん」

デートと言われた途端に、周囲の音が耳に入ってきた。人々の楽しそうな声と、弾むような明るいメロディだ。

今日は二人して休みなので遊びに来ている。以前から計画していたことで、翔真のところへ通い出してから、今日は初めて病室へ行かない日になった。

昂大がデートっぽい服を着ろと言うので、服装は雪乃に決めてもらった。というより任せろと言ってきたので、彼女が言うところの「デートコーデ」で上から下まで固めている。

白いパーカーは雪乃が最もこだわっていた一着だ。一見シンプルだがふわっとした生地と柔らかな白が浩夢のイメージなのだという。

浩夢が自覚している自分となにか大きな齟齬《そご》があるような気がしてならなかったが、深く追及することは避けた。しかもお土産と買いものまで要求された。さすがは物欲の塊と言われるだけのことはあり、リストの項目は軽く十を超えていた。おそらく配送を頼まねばならないだろう。

「なんかさぁ……雪乃さんに一瞬でもヤキモチ焼いたのが馬鹿みたいに思えてきた」

「ああ、馬鹿だな」

容赦《ようしゃ》ない物言いに思わずムッとする。

「しょうがないじゃん。まだ雪乃さんのことよく知らなかったんだからさ。黙ってたら大和撫子《やまとなでしこ》って感じだし」

いまとなっては笑い話でしかない。それぞれの人となりと人間関係がわかったいまとなっては、嫉妬する理由などどこにもなかった。

そもそも恋愛感情というものを彼らはあまり抱かないのだ。仲間意識はかなりあるのに、それが恋情や独占欲へとは至らない。浩夢たち以外に特例があるとすれば、それは双子の姉妹だ。彼女たちはある意味二人だけの世界で完結している。仲間意識も好意も義務感のようなものもあるが、片われへの思いは代えがたいものがあるようだ。

「ラストー」

買ってもらったソフトクリームの最後の一口を口に放り込むと、いくぶんふやけたコーンがそれでもしゃくりと音を立てた。

ベンチから立ち上がってゴミを捨て、戻ってマップを広げる。

ファンタジックランドというこのテーマパークは、広い敷地に多彩なアトラクションやショーがあることで知られ、平日にもかかわらずかなりの賑《にぎ》わいを見せている。制服姿の学生がいるのは修学旅行か遠足のたぐいだとして、明らかに中学生くらいなのに私服の子たちがいるのはなんでだろうと少し気になってしまった。

「次、どれに乗る？」

「任せる」

「さっきからそればっかじゃん」

「アトラクションに興味ねぇんだよ。キャラもよくわかんねぇしさ」

「それは……俺も詳しくないけどさ」

浩夢はアトラクションのモチーフになっている作品やキャラクターの半分も知らないのだ。絵本になっているようなものは、施設にもいくつかあったので見知っているが、両手の指が曲げきれない程度だ。

なのにどうしてこのテーマパークを選んだのか。それはここがデートスポットとしてスタンダードかつ大人気の場所だからだ。一説によると並ぶ時間が長いアトラクションがあるので、並んでいるあいだに雰囲気が悪くなってしまうこともあるが、浩夢たちに限っては無用な心配と言われた。提案者は雪乃とアリスと明剛で、三人がかりで強烈に押されたのだ。ちなみに実際に来たことがあるのは明剛だけらしい。浩夢も一度は来てみたかったので異は唱えなかった。

実は普段よりテンションは高くなっている。いままでテレビでしか見たことがなかったのだ。場内に流れる音楽にすら気分は上がった。

「アリスとか、ここにいても違和感ないよな」

「スタッフに間違われそうだけどな」

「ああ……」

午前中に入ったアトラクションは城のなかというシチュエーションで、説明係の女性スタッフはドレスを着用していたのだ。ここはファンタジー世界がモチーフなので、あまり機敏に動かなくていい役目のスタッフは豪奢《ごうしゃ》に見える格好をしている者が多かった。

規模は違えど〈カフェ・ファンタジア〉のようなものだと浩夢は思っている。貸衣装もあるので、客の一部はコスプレをしながら遊んでいた。

「そうだ。やっぱ一応お土産は全員分買おう」

どうせ送ることになるのだから、全員分でも同じことだろう。幸い、懐具合は寂しくない。社員寮などという名目で家賃は格安だし、普段はあまり買いものもしない浩夢だ。貯金は月ごとに着実に増えている。

「土産なんて後でいいだろ」

「まぁね。あー、それよりさぁ……」

「ん？」

「いまさらだけど、男二人で来るところじゃないよね」

本当にいまさら気がついた。ふと周囲を見てみたら、男の二人連れは見当たらなかった。家族連れかカップル、女性同士か男女混合のグループばかりだ。たまに男だけのグループもあったが、高校生か大学生の四、五人の集団で、二人きりというのは見なかった。

「いるだろ。見えてる範囲でいないだけだ」

「そうかな」

「それより、どれに乗るんだよ」

「あ、えーと……」

マップを見て、浩夢は一番近いアトラクションに決めた。並んでいるうちに人目のことは忘れてしまった。やはりテンションが高くなっていたのかもしれない。

なにやら並ばずにすむ方法もあって事前に説明は受けていたが、主に昂大が面倒になってしまってやめた。並び時間が少なそうなものに適当に乗ればいい、という程度の熱意だったからだ。そして浩夢もアトラクション自体にはそれほど熱心ではなかったので、それでいいと納得した。

目的はデートだ。昂大と二人で来ていることと、生まれて初めてファンタジックランドに来たことが重要なのだ。

出会って初めて王道のデートを楽しんで、最後に場内で上がる花火を見た。

人の少ない少し暗い場所に座って花火を見上げ、そう言えばこんな近くで花火を見たのは初めてだと気がつく。育った街でも花火大会はあったけれど、いつも遠くから眺めるだけだったのだ。

あのまま昂大が見つけてくれなかったら、おそらく浩夢は死んでいた。仲間に出会うこともなく、両親のことを知ることもなく、大切な人と笑いあったり寄り添ったりすることもできなかっただろう。

こうして花火を見てきれいだと思うことも、ましてそれを見ながら好きな人に触れることも。

浩夢は昂大の肩に、ほんの少しだけ頭を乗せた。暗いし、周囲は花火に夢中だから、きっと大丈夫だ。

「浩夢」

「ん？」

呼ばれて昂大を見たら、不意打ちでキスされた。

触れるだけの軽いキスだったし、リップ音は花火の音にかき消されてしまったけれども、やけにドキドキと胸を騒がせるキスだった。

離れていった昂大の顔を呆然と見つめ、すぐに我に返って周囲を見まわしたが、隠れたキスに気づいたものはいないようだった。

いつものように怒鳴る気にはなれなくて、浩夢は黙って花火を見上げた。

手を繋いでくる大きな手は、ちゃんと握りかえしてやった。


さんざん遊んだ次の日、訪れた病室で翔真は眠っていた。

今日の付き添いはラルフだ。最初はただの過保護かと思ったのだが、やはり不測の事態に備えてらしい。翔真の力もわからず、覚醒がどんなタイミングかも予測できないので、夢に触れる浩夢も含めて事故が起きないように、また起きた場合に対処できるようにベテラン勢がつくのだ。

浩夢はいつものように椅子に座り、翔真の手を握る。

夢は今日も病室だった。ただし最近は色が付くことも多く、音もある。翔真は夢のなかで本を読ん

でいて、ときどきぱらりとページをめくる音がした。

浩夢は夢に降り立った。

「……たまには、外へ出てみようよ」

話しかけても、返事はない。翔真は病気ではなく、栄養が足りていないだけだ。まだなにが彼の「食事」たり得るのかわからず、体調を戻せずにいる。

だから本当は外へ出てもかまわない。むしろ外へ出て、もっといろいろなものに接することが望まれている。だが本人が積極的に出ようとはせず、看護師が車いすを用意するとしぶしぶ従うらしい。そして終始無表情で無反応なのだ。

だったら夢のなかはどうだろう。試してみる価値はある。

「ファンタジックランド、行ってみようよ」

するとぴくり、と翔真が反応した。視線は向けられないが、意識は強く向かってくるのがわかる。

これまでとは違う手応えを感じた浩夢は、夢のなかでも手を握り、場所を変える。昨日の新鮮な記憶のまま、テーマパークのゲート前へと。翔真の服はTシャツとジーンズにした。

「来たことある？」

返事は期待せずに尋ねると、翔真は小さく首を横を振った。本当にわずかな動きだったが、返事をくれたことに満足する。いまのは浩夢が作り出したものじゃなかった。用意したのは場所と服だけで、反応まで干渉はしていない。

どうせ夢だからと、犬と猫、そして猿とフクロウを出した。現実では絶対に無理な、ペット連れでのファンタジックランドだ。

翔真は目をぱちぱちさせながら動物たちを見ていた。ちなみにすべて明剛の部屋にいる動物たちだった。

なかでも翔真はフクロウと猫に興味を示した。ほかの動物も好きらしいが、この二匹がとりわけ好きなようだ。

フクロウを翔真の肩に乗せると、わずかに表情が緩む。

（さすがアニマルセラピー効果）

この調子で行こうと、浩夢はファンタジックランドに動物園をミックスさせてみる。草食でも大型動物は遠めに配置し、小さいものは近くに出現させた。猛獣は子供だけ近くに来させる。ライオンや虎《とら》、熊《くま》などの子供も交えて、浩夢たちの周囲はとんでもないことになっていた。

現実では不可能な光景だが、なかなかいいぞと浩夢は満足する。これぞファンタジーだ。

「よーし、みんなで行こう」

動物たちと一緒に、アトラクションをまわる。昨日、かなり適当に選んで乗っていたことが悔やまれるくらいの再現率ではあったものの、乏しい経験から夢を造り、いくつも乗り物に乗った。

翔真は嬉しそうだった。全開の笑顔というわけにはいかなかったが、普段より目が輝いているし口角も上がっている。

明らかにファンタジックランドではないところの乗り物も出現させ、さんざんアトラクションを楽しんだ。

時間は気にしない。客はほどよくいて臨場感はあるが、待ち時間はゼロというのが夢ならではだ。

「なんか食べようか」

確かポップコーンやアイスを始め、その場で食べられるものも多く売っていたはずだ。だが正確に思い出せないので、適当にいろいろな店を出した。とりあえず先の二つに、クレープや綿菓子、アイスクリームやフランクフルトやたこ焼きだ。

(あれ、これじゃ縁日じゃん。ま、いっか)

途中でいろいろと怪しくなってきたが、夢だからいいやと訂正はしなかった。

翔真はそのなかから迷うことなくフランクフルトを選んだ。食べながら、ちらちらと別の店――勢いで出したケバブの店を見ている。正確に言うと、見ているのはゆっくりとまわっている肉の塊だ。

「お肉好き？」

「……うん」

「そっか」

翔真は一心不乱に食べている。ならば牛串なんてどうだろうかと串焼きの屋台を出すと、はっきりとわかるほど目が輝いた。

（子供だなぁ……）

それらがふいに揺らいで、景色や音が急激に薄れていった。

タイムアップだ。翔真が目を覚ますらしい。

少し待っていると、ゆっくりと翔真は目を開けた。それから口元に手をやり、不思議そうな顔をした。夢と現実の区別がつかなくて、食べかけのフランクフルトを探しているのだろう。

「おはよ。今度、本物のフランクフルトと牛串を差し入れするよ。ケバブは香辛料がきいてるからさ。あ、ハンバーガーも持ってくる」

大丈夫かもしれないがケバブは子供の舌にはあわないかもしれない。だったらハンバーガーのほうが喜んでくれるだろう。

翔真はもの言いたげな顔でじっと浩夢を見つめた。

初めて目があったことに内心ドキドキしながら、なるべく普段と変わりないように振る舞った。それでも嬉しさは隠しきれていないだろうし翔真にも伝わっているはずだ。

やっと距離が縮まった気がする。心を開くまで行ったかどうかは不明だが前進はした。そう実感したら、自然と言葉が出てきた。

「退院して元気になったら、遊びに行こうな。それと焼き肉食べに行こう」

翔真は嬉しそうに小さく頷いた。ためらいがちだったたし、笑顔はぎこちなかったが、とにかく笑ってくれた。

可愛い。なんだか施設にいた頃を思い出し、当時が懐かしくなった。こちらに来てから一度しか顔を出していないが、今度土産の菓子を持って里帰りをしてみよう。

ふいにぐうぅと翔真が腹の虫を鳴かせた。自覚して赤くなるのは可愛かったが、恥ずかしがっているのに追い打ちをかけては……と、素知らぬ顔でラルフを振り返る。

「おやつを用意させようね」

「お願いします。あ……なにがいい？　甘いもの？」

反応は鈍く、じっと浩夢の顔を見てはいるがあまり嬉しそうではなかった。やはり肉がいいということなのだろうか。

「お肉系？」

「う……ん」

恥ずかしそうに頷いた。ラルフは少し考え、すぐに戻ると行って病室を出た。待つあいだに夢の話をしていると、本当に五分ほどでラルフが戻って来た。

「これ食べてごらん」

言いながら翔真に直接ではなく浩夢に渡したのはビーフジャーキーだった。病院内にある売店で売っているのか、外のコンビニまで行ったのかはわからなかった。

与えていいのだろうかと思って顔を上げると翔真の目はジャーキーに釘付けだった。

「よく噛んでね」

パッケージを破ってまず一枚渡すと、翔真はものすごい勢いで囓《かじ》り始めた。よく噛めと言ったのに、味わう間もなく飲み込んでしまう。

思わずラルフを振り返ると、神妙な顔で大きく頷いた。

二枚、三枚と渡していく。やがて一袋が空き、追加の袋をもらってまた食べさせる。

結局五袋食べたところで翔真はようやく落ち着いた。浩夢としては唖然《あぜん》としてそれを見つめるばかりだったが、ラルフは納得した様子だった。

腹が満たされたせいか、翔真はふたたびうとうとし始めた。

「浩夢くん、そろそろ」

「あ、はい。また明日な」

明日の約束をすると、翔真は大きく頷き、間もなく眠りに落ちていった。

眠る顔はやはり幼く、浩夢にかつての環境を思い出させた。役目のことがなくてもこの子のことは放っておけないと思った。

病室を出ると、ラルフはにこにこ笑いながら肩を叩いた。

「たぶん退院は近いと思うよ」

「え？」

「ようやく『食事』が見つかったからね。みるみる元気になるはずだ」

「って……ジャーキー？」

あの食べっぷりといい、ラルフが十歳児に五袋も買ってきたことといい、固有の「食事」はそうとしか思えなかった。

だがラルフは笑いながら緩くかぶりを振った。

「ジャーキーというか、肉だね」

「あ、そうか」

「どんな夢を見せたの？」

歩きながら、浩夢は夢の内容を説明していく。昨日行ったファンタジックランドを再現し、動物たちを交えて遊んだこと、翔真が甘いものにはいっさい興味を示さなかったこと。

ラルフはうんうんと頷いた。

「明剛と同じか、似た系統じゃないかと思うんだ」

「あ……そうか肉」

明剛の食事はとにかく生肉だ。火を通したものでもいいそうだが、効率と嗜好の問題で生が望ましいという。牛や豚といった種類は問わないそうだ。

「篠塚さんに言って、あの子の食事内容を検討してもらおう」

病院で肉ばかりが出されることを想像し、浩夢は曖昧な笑みを浮かべる。特別処置にしてもあり得ない光景に笑いも引きつった。

「あの、それで退院した後って……」

「明剛たちの養子ってことになるわけだし、もちろんあそこに住むよ。フロアは別になるけど面倒見てあげてね。たぶん君が一番子供に慣れてるだろうし」

「あ、はい」

仲間のなかに子供を持つ者はいない。子供の段階で引き取られたと言えば昴大だが、彼の面倒を見ていたのは浩夢の亡き父親だった。

つまり誰一人として子供の扱いには慣れていないのだ。

唐突に納得した。今回浩夢が派遣されたのは夢を見るだけでなく、単純に子供に慣れているのも理由だったのだろう。

「回復次第だけど、一週間くらいじゃないかな。肉で間違いなさそうだから、しっかり『食事』させればあっという間だと思うよ。きっと君より早い」

「俺はギリギリだったみたいだから……」

浩夢の場合は年齢的にも翔真より体力はあったはずだが、なにしろ絶食期間が長かった。夢を喰えない状態が一カ月半も続いたのだ。翔真は肉が主食だから、日常生活において少ないながらも定期的な摂取ができていた。とはいえ彼にとって、普通の人が主菜として食べる程度の量では到底足りないのだが。

「いろいろ用意しないとねぇ」

「というか、どっちと住むんですか？　あの二人、部屋別々ですよね？」

「明剛、と言いたいところなんだけど、璃子だよ。明剛は動物で手いっぱいだから」

「ああ……」

まるでミニ動物園といった感じの明剛の部屋を思い出す。先日、少しだけ部屋に入れてもらったのだが、浩夢たちと同じ広さの部屋に二十種を越える動物がいたのだ。

「璃子も納得してる。まぁ数年のことだけどね。ある程度成長したら一人部屋にするし」

「俺もなるべく面倒見るようにしますね」

「それは助かるけど……」

どこか濁した言い方に浩夢は無言で問いかけたが、ラルフはなんでもないと言って笑い、そのまま話は終わってしまった。

「うん、だいたいこんなものかな」

翔真を迎える璃子が一つ上のフロアに移るため、今日は昼前から手伝いをした。

大きな荷物は謎《なぞ》の原理――いまだに浩夢は魔法という言葉を使いたくない――で新しい部屋の、適切な位置へと移動したので、後は細々《こまごま》としたものを璃子に言われた通りにしまったり置いたりしていく。

部屋はいわゆる二LDKだ。部屋の一つは夫婦の寝室として大きなベッドを一つ置いたが、実際には璃子が一人で使う。もう一部屋は子供部屋だ。新しく買い入れたシングルベッドと勉強机などが用意された。クローゼットには十分な数の服が用意されている。これは専《もっぱ》ら雪乃が選んで買ったものだが、もちろん彼女は一歩も外へ出ていない。あらかじめサイズを聞き、翔真の写真を見ながら通販で買ったり、ネットで見て指定して誰かに買いへ行かせたものだ。ちなみに翔真の意見はまったく反映されていない。

戸籍上の父親になる明剛は、以前同様一つ下のフロアで動物たちと暮らしていく。三人家族で住んでいるような体裁を整えたのは、翔真がこれから小学校へ通うためだ。学校へ行けば家庭訪問もあるだろうから、あやしまれない環境はどうしても必要なのだ。

「なんかもう、普通に家族で住んでるっぽいね。ちょっとモデルルームみたいだけど」

「生活感はこれから出るわよ。夜はローテーションで見てもらうことになるけどよろしくね」

璃子の言葉に、浩夢はうなずく。

なにしろここの住人は〈カフェ・ファンタジア〉の仕事がある。営業は夜遅くまであり、璃子も週に五日は厨房に入っているから、どうしても翔真を一人で留守番させることになってしまうのだ。

「それはいいんだけど……いっそ店の奥に仮眠室みたいなの作っちゃったほうが早くない？　そしたら休憩時間に交代で様子見てられるし、九時とか十時とかに寝かしつけちゃって、店が引けたら運んじゃえばいいし」

「うーん、そうねぇ……あの様子だと、誰にでも懐くって感じでもなさそうよね」

「それそれ」

翔真の人見知りもさることながら、子供との接し方がわからない人が一定数いそうだ。

「浩夢くんは別格として、私とラルフ……たぶんアリスと明剛も大丈夫と思うけど、雪乃は無理だと思うわ。あと昴大はきっとダメね」

「昴大はなんとなくわかるんだけど、雪乃さんも？」

「昔から子供には好かれないんですって」

「ノリノリで服選んでたじゃん」

雪乃から何度も「こっちがいいと思う？」だの「これ似合いそうよね」だのと相談に見せかけた同意を求められたので、浩夢は雪乃が子供好きだと思っていたのだ。

「あれは買いものが楽しいのよ。自分のものじゃなくてもいいみたいなの。今回はスポンサー付きで思い切り買えるというのが楽しかったんじゃないかしら」

「あー……」

人の金で買いものをするのは確かに楽しそうだ。遠慮してしまうタイプもいるだろうが、雪乃に限ってそれはなさそうだ。

物欲の塊と言われているが、実は買いもの依存症ではないかとちらっと思った。

とにかく部屋の準備は整った。後は三日後に翔真を迎えるだけだ。

「そろそろ行くわね」

「あ、俺も行く」

フロアスタッフである浩夢は璃子より遅く行ってもいいのだが、ラルフに相談をするために一緒に行くことにした。

店にはすでにラルフと、都合のいいことにアリスもいた。

「話があるんだけど」

二人の元へ行き、夜のあいだ翔真をどうするかについて提案した。もともとは仕事が休みの者が交代で翔真の様子を見るということになっていたのだが、問題がないわけではないのだ。相性もあるし、せっかくの休みを潰《つぶ》してしまうというのもある。昴大あたりは「幼児じゃないんだから放っておけ」

などと言っていたが、浩夢は心配だった。

別に目を離したら危ないと思っているわけではない。寂しい思いをさせたくないだけだった。

「夜、一人で寝なきゃいけないのってやっぱ寂しいよ。同じビルのなかだけど、フロアとか全然違うわけだし。アリスだったら異変とかあればわかるんだろうけど、翔真にとっては近くに誰もいなかったら心細いだろうし」

「ふむ……」

アリスは自らの顎に指先を当てて思案顔になる。

「無理かな」

「倉庫を空ければなんとかなるか」

「そうだね。ストック分はちょっと手間だけど別フロアから持ってくればいいし、そもそも途中で取りに行くこともほとんどないしね」

二階にはかなりの空きスペースがあるという。事務所とアリスの私室だけでは、ワンフロアは埋まらなかったらしい。

具体的にどのようにするか話し合っているうちに、次々とスタッフが出勤してきた。もちろん昴大も現れた。

全員が揃《そろ》ったところで、ラルフが仮眠室新設について説明をした。休みの者が翔真の部屋で彼の面倒を見るよりは負担も少ないということで反対意見は出なかった。バックヤードで交代で見るなら一回ずつの時間も短くてすむのだ。そして浩夢がメインで見るという流れにもなった。

話がまとまるなか、昂大は一人不機嫌だった。反対はしないが、非常におもしろくないという態度を隠そうともしていない。

着替えて開店準備をするあいだも、わかりやすいほどムスッとしている。

「なんだよ。なんか気に入らないわけ？」

「気に入らねぇに決まってんだろ。あのガキのことばっか気にしやがって」

「……ああ」

なるほど腑《ふ》に落ちた。ラルフが先日なにか言いたげだったのは昂大のことだったのだ。誰が見てもすぐわかるほど昂大は拗《す》ねていた。

ここ数日、浩夢は翔真を迎えるために忙しかった。病院には毎日行っていたし、買いものや新居の準備に追われ、家にいるときでも翔真のことを考えていた。

「しょうがねぇことはわかってるんだよ。俺だってユベールに世話になったわけだし、当時の俺と同じくらいの年だしな」

自分と重なる部分もあるらしく、昂大としては複雑らしい。

かつてユベールから受けた慈しみと愛情を、息子である浩夢がまた別の子供に向ける。それを面白くないと感じつつも、止める権利もないと思っているようだ。

「最初のうちだけ我慢して」

「……わかった」

「っていうか大人なんだから、しろ」

「恋人の権利ってもんは別だろ」

後ろから浩夢を抱きしめたまま、昂大はなかなか離れなかった。おんぶお化け、と明剛に笑われても無視していた。

やがて店は開き、いつものように満席のフロアを動きまわった。だが今日の昂大はひどかった。きゃあ、と客の黄色い悲鳴が上がる。

昂大が客の前で堂々と浩夢の腰を抱き寄せたせいだった。

「ちょっ……」

腕を外させようとしてもやはり力では敵わず、ほとんど抱き合うような格好になってしまう。困惑と焦りにもがいていると、髪にキスを落とされた。

もう収拾がつかない事態になった。

これ以上は看過できないと判断したのか、ラルフとアリスが揃って近づいてきて、昂大をたしなめてパーティションの裏へと連れて行く。

「やり過ぎだよ昂大」

珍しくラルフが溜め息まじりに注意した。故意に難しい顔を作っての説教だ。これはきわめて珍しいことで、近くにいた凜斗《りんと》は目を丸くして驚いた。

「はいはい。気をつけますっと」

昂大に反省の色はなく、注意を受けてフロアに出て行くなり、浩夢に意味もなく近づいていった。まさに右から左というやつだ。

「まったく堪《こた》えてないね」

「先が思いやられるな」

呆れる凜斗とは違い、アリスはにやにやと笑うばかりだ。せっかく見た目は完璧な美少女なのに、まったくもって残念な笑い方だった。

「でもま、いい変化だと思うよ」

「確かに生き生きしてますね。感情があけすけになったし」

変な方向で客には受けてるけど……と苦笑まじりに言い残し、凜斗はフロアに出て行った。彼も見た目は貴公子然とした風貌で女性人気は高い。ただし近づきがたいだとか、腹黒そうなどと囁かれている。まったくもって事実無根だった。

「さて、私は部屋の用意でもして来るかな」

「一人で大丈夫かい？」

「誰に言っている」

ふふんと不敵に笑い、アリスはバックヤードへと消えていった。彼女のファンもまた多いが、もともと変則的に店内に現れるレアキャラクターのようなものなので、いなければいないで客も納得するのだ。

昂大に絡まれている浩夢を見て、ラルフはやれやれと溜め息をつく。

過剰接触と独占欲丸出しの言葉のせいで、今日の客は非常に騒がしい。食事が疎かになるほど二人を凝視している者もいる。

「うん、一種の営業妨害だね」

追加注文も忘れて見入る客の多さに、ラルフはふたたび大きな溜め息をついた。


翔真は緊張の面持ちで、明剛と璃子に連れられてやってきた。

ちなみにまだ籍は入っていない。現在家庭裁判所の許可を待っているところだが、問題なく通るということだ。

ここでも仲間の力が働いているのかもしれない。

店にはビルで暮らす者たちが勢揃いしている。テーブルを集めて大きな席を作り、そこに数々の料理が乗っていた。昼間からパーティーかと思うような豪勢な料理だ。肉が多いのは本日の主役のためだった。璃子は迎えに行っていたので、あやかが手伝いで入り姉妹で作り上げた。

翔真は浩夢と璃子のあいだに座った。明剛との関係も悪くはないようだが、翔真が最も懐いているのは浩夢なのでそういう席順になった。浩夢の隣には昴大がいるが、終始ムスッとした顔で威圧感を放っている。

翔真が怯えたらどうするんだと肘《ひじ》で突くが効果はなかった。浩夢の心配をよそに、翔真は気づいてはいるが怯えてはいないので問題はないのだが。

意外と肝が据わっているのかもしれない。そういえば最初から心を閉ざしてはいても怯えてはいなかった。浩夢だけでなく、医師や看護師、篠塚にも臆《おく》しなかったと聞く。

（さすがにメンタル強いな）

常人とは異なる体質ならば、精神もそうでなくてはならないのだろう。以前、雑談のなかでアリスが言っていたことを思い出した。

一人一人を紹介し、なにかあった場合は誰に言ってもいいようになっていることを説明していく。場を取り仕切るのはラルフだ。

翔真は神妙な顔で頷き、よろしくお願いします、と小さな声で言った。初対面も含めて大勢の大人に囲まれても落ち着いている。口数は多くないし自分からしゃべることは少ないが、話しかけられればきちんと答えていた。

最初に会ったときに比べてかなりの肉が付き、まだ痩せてはいるが顔色はいいし、目に輝きが出た。発育が遅れていた分、ここからの成長はめざましいかもしれない、というのがアリスの見解だ。現在は平均より遥《はる》かに小さいが将来的には平均を大きく上まわりそうだと。

それ自体は喜ばしいことだが、にやにやしながら言っていたのが引っかかっている。彼女はなにを予見しているのだろう。

「浩夢……？」

「あ、なんでもないよ。ほら、肉食べなよ」

浩夢は翔真の皿に、ほどよく火を通してカットしたステーキと、子羊のグリルを取ってやる。

やはり翔真の「食事」はほ乳類の肉で、なかでも牛やヤギやヒツジといったウシ科を好む。そこまでは明剛と同じだが、状態としては生ではなく火が通ったほうが好みらしい。豚や鶏《とり》でもいいようだが、量が必要になるのだとか。

「いただきます」

翔真は行儀よくそう言ってから食べ始めた。

さすがは育ち盛りで、気持ちがいいほど料理が消えていく。さやかが足りないんじゃないかとはらはらしつつ見守るほどだった。

初顔合わせと食事は、二時間もしないうちに終わった。

「後で行くから」

声をかけると翔真は頷き、浩夢たちの一つ上のフロアへ連れられて行った。

夢のなかでファンタジックランドへ行ってから翔真は少しずつしゃべるようになり、浩夢が相手でなくても会話はスムースに成立するようになった。ただし愛想はなく、笑うことは滅多にないという。笑うのは浩夢相手と、動物を前にしたときくらいだった。

「並んでるとこ初めて見たけど、どう見ても姉さん女房だよね……」

明剛の外見が二十歳そこそこなのに対し、璃子は二十代後半だ。下手をすれば姉弟に見られそうな二人だった。

同意を求めて昂大を見るが、彼は大層不機嫌な態度で浩夢の腰を抱いていた。すっかり慣れて気にしていなかったが、これは翔真に見せていいものではなかったと反省する。

出迎えを終えたので二人で部屋に戻ると、昂大は変なスイッチが入ったように浩夢を押し倒してきた。

「ちょっ……」

「休みなんだからいいだろ」

今日は〈カフェ・ファンタジア〉の定休日だ。さすがに来て早々翔真を夜のバックヤードへ連れて行くのも、という話になり、みんなが昼間から集まれる休みの日を選んだのだ。ちなみに浩夢は明日も休みを取っている。これは翔真の面倒を見るためだった。

昴大はその決定も不満らしい。

ベッドの上で押さえられ、唇を貪られているうちに浩夢は頭がぼうっとしてきた。

「んっ、ぁ……」

ついでとばかりに昼前から身体をまさぐられ、甘い声がこぼれてしまう。抱かれ慣れてしまった身体は、ひどく簡単に快感を拾った。

「こんなまっ昼間……ひ、ぁっ」

服の下に潜り込んだ手に、乳首をきゅっとつままれる。途端に甘ったるい痺《しび》れが指先まで伝わり、力が抜けて抵抗ができなくなった。自分の部屋で恋人にされているのだ。もともと拒否する強い理由などないせいもあった。

だが出来上がりつつあった官能の空気は、大きめなノックの音によって霧散した。

「だ……誰……」

「無視しろ」

「いや、でも」

と、もう一度ノックの音が、さっきより大きめに聞こえた。インターホンがあるのに訪問者はドアを叩いている。

もしかして、と思いながら昂大を押しのけた。意外にも簡単に引き下がったなと思ってベッドから起き上がったら、また「おんぶお化け」のようになって付いてきた。

その重みに文句を言いながらドアを開けると、そこには翔真が立っていた。

目を丸くして、浩夢と昂大を交互に見ている。

「どうした？」

身をかがめて目線を合わせようとしたのに、のしかかっている昂大のせいでできなかった。

「……なんで？」

「え？」

翔真の目が険しくなって昂大を見て、それから浩夢に戻される。そのときにはもう拗ねたような色合いになっていた。

「あー……えっと、ここは二人で使ってる部屋でね。それで……」

そこまではいいとして、昂大がくっついている状態をどう説明したらいいのだろう。思えばさっきも腰を抱かれたのを見られていた。スキンシップが激しいのだとか、甘えん坊なのだとか言ったら納得してくれるだろうか。いや、前者はともかく後者は微妙だ。

短い時間であれこれと考えを巡らせていると、耳元で昂大がふっと笑った。

「恋人同士なんだ、当然だろ」

爆弾発言が飛び出して、一瞬浩夢は固まる。翔真も大きく目を瞠ったが、固まるというほどの衝撃は受けていないようだった。

折を見て打ち明けようとは思っていた。だがまだ十歳の翔真には早いだろうと考えていたし、ラルフたちもその点についてはは忘れたかのようになにも言わなかった。

普通なら驚くだろうし嫌悪されても不思議じゃない。ただ翔真の精神構造もまた常人とは異なるので、前者はあっても後者はないだろうと思っているが。

やがて彼は「ふーん」と尖《とが》った声を出した。

「しょ……翔真？」

「余裕ないっぽいね」

「は？」

「後ろの人。なんかガキみたい」

浩夢はふたたび固まった。

これはいったい誰なんだろうか、と真っ白な頭のなかに疑問符がぐるぐるとまわっている。おとな

しくて儚《はかな》さすらあった病室での彼と同一人物とは思えない。

まだふっくらとした子供らしいラインの頬に、利発さをたたえた意志の強そうな目。見違えるように輝くようになったその目が、いまは蔑《さげす》むように昂大を見ていた。

顔や身体は子供なのに、表情は大人びている。本当に十歳かな、とまた浩夢は思った。

「おいこれ、子守してやる必要なんかねぇじゃん。こんなの一人で放っておいたって絶対泣きゃしねぇだろ」

「泣かないかもしれないけど、一人で放っておくわけにいかないじゃん」

浩夢にとって泣く泣かないは基準にならない。しっかりしていても十歳の子供だ。新しい環境に置かれたら心細いに決まっている。その考えは新しい一面を見せられた後でも変わらなかった。

「おまえが付きそう必要ねぇよな。一応親がいるんだからさ」

「大人げないな、もう」

まるで子供がダダをこねているようで、翔真の言い分ももっともだと思ってしまった。一方の翔真は冷めた目で昂大を見ている。

やがて彼は浩夢を見て、そっと手を伸ばしてきた。

「泣かないけど、浩夢が一緒にいてくれたら嬉しい」

握られた手は、一瞬の後に昂大によって外されて握りこまれた。

本当に大人げない。子供相手になにをやっているんだと、浩夢は大きな溜め息をついた。

翔真が来てから一カ月がたった。

無事に養子縁組は認められ、彼は木下翔真になった。問題はなにもなかったという。亡き伯母の兄弟にとって翔真は赤の他人であり、一応確認はしたそうだが翔真を引き取る気はまったくなかった。むしろ迷惑だとはっきり言ったらしい。かなり生活が困窮《こんきゅう》しているようで、翔真に相続権がないことを何度も確認したり釘を刺したりしてきたらしい。

なんでも伯父と子供たちは即死状態だったが、伯母は搬送された病院で息を引き取った。つまり一度伯父の財産は伯母へと移ったことになるので、その兄弟たちが相続することになったのだとか。

翔真が五年ほど暮らした家は売りに出され、彼が帰る場所はなくなった。いや、もともと帰る場所なんかではないと彼は言うだろう。いまや璃子たちと住むここが彼の家なのだ。

浩夢は同行しなかったが、翔真が私物を取りに行ったときに、伯母の兄弟たちは大変感じが悪かったという。母親の位牌《いはい》や学校関係など、本当に必要なものしか持ち出す気はなかったのに、監視するように見ていたのだとか。きっと余分なものを持ち出さないかどうか見張っていたのだろう。

病院の経営者という肩書きを持つ篠塚が養子縁組の件を報告しようと木下夫妻と行ったときには、ころりと態度を変えていたというから現金なものだ。地位のある人物には弱いらしい。

翔真にとっても伯母の兄弟たちは赤の他人で、道ばたの石ころ程度にしか思っていないようだ。この仲間たちとは比べるまでもない。

彼は新しい環境に馴染み、最初に比べたらずっと自然に住人たちと言葉を交わしている。

学校でも問題はないようだ。いじめられたらどうしようという心配は、評判のいい担任教師のおかげもあって払拭された。クラスメイトたちは親切で、子供なりに転校生に気を遣い、受け入れようとしてくれているらしい。

そして夜は毎日、店のバックヤードで過ごしている。璃子やさやかが作る夕食を食べ、宿題をして、時間が来れば眠る。風呂《ふろ》は毎日、店に来る前にすませていた。

店に託児所があるようなものだ。これから今後、保護する子供が増えたとしても対応できそうだと、アリスは満足そうに笑っていた。

「なに考えてんだよ」

風呂上がりに水を飲み、ふとこの一週間のことを考えていたら、昂大の不機嫌そうな声に意識を戻された。

手を引かれ、ベッドに引っ張り込まれる。組み敷かれた状態で見上げると、しかめつらで浩夢を見ていた。

「怖い顔するなって」

「だったら俺の機嫌を直せよ」

「……気がすむまで、どーぞ」

覚悟を決めて笑いかける。明日は二人揃っての休日だが、出かけるのは諦めたほうがよさそうだ。なにしろ昴大はずっと機嫌が悪いままだ。原因はもちろん翔真で、あれ以来大人げなくも同レベルにいがみ合っている。これはとっくに仲間たちも知ることとなったが、昴大に呆れつつも皆は微笑ましげに見守るばかりだった。

アリスに至っては「将来有望だな」と楽しそうに笑っていた。

キスをしようと顔が近づいたとき、コンコンとノックの音がした。途端、部屋の空気が一瞬でピリピリとし始める。

時計を見ると、とっくに日付が変わっていた。仕事を終えて食事を取って、部屋に戻って風呂に入ったら当然それくらいの時間になるものだ。

こんな時間に訪ねてくる者はいないはずだった。なにかあればまず携帯を鳴らすだろうし、のっぴきならない状態ならばアリスやラルフが謎の通信をしてくるだろう。幸いにしてまだそれは経験していないが。

ノックの仕方からすると翔真だ。しかしながら彼はとっくに眠ってしまい、ラルフによって部屋に運ばれていったはずだ。確か九時半頃に寝たと記憶している。

幸いまだ服――パジャマ代わりの室内着も乱れていなかったので、浩夢は昴大を置いて玄関のドアを開けに行った。

扉を開けると同時に、背中で大きな舌打ちを聞いた。

予想通り夜中の訪問者は翔真で、パジャマを身につけた状態で枕《まくら》を抱えて立っていた。

（あざとい……）

そう思ってしまったのは、この一カ月で翔真の性格を把握したからだった。

子供らしからぬ冷静さに観察眼、そして思考。中身はプラス十歳じゃきかないのでは、と思うこともしばしばだった。

「どうした？」

「……眠れなくて」

「目が覚めちゃったのか」

翔真はこくんと頷いた。その様子は見た目通りの子供で、つい庇護欲が湧いてきてしまう。たとえ翔真のなかにある程度の計算があったとしても、寂しいのは事実だろうから。

浩夢は苦笑を浮かべた。

「いいよ、おいで」

招き入れて振り返ると、非常に機嫌の悪い昂大が見えた。

これは仕方ないと目で謝る。浩夢のなかにも少し残念に思う気持ちはあるのだが、一方で自分たちには時間があるという余裕もあった。

浩夢たちが持つ時間は普通の人よりも長く、一緒にいられる時間も、互いに若くいられる時間も長い。だったら少しのあいだ——翔真が成長するくらいまでは、恋人同士の触れあいを控えてもいいいんじゃないかと思っている。

せいぜい二年だろう。さすがに中学生になったら浩夢に甘えて縋《すが》ってくることもあるまい。

以前それを言ったら昂大に「甘い」と一蹴《いっしゅう》されたが、たとえ翔真が甘え続けたとしても、中学生の男子が一緒に寝てと言い出したらさすがに帰すつもりだ。

「ひな鳥かよ」

同じベッドに入る浩夢たちを見て、昂大がまた舌打ちした。

そんなものかもしれない。インプリンティングではないけれども、夢のなかで遊んだり話したりしているうちに、特別な存在になったことは否定できない。

（ひな鳥にしては強いけどね）

昂大に睨《にら》まれても平然としているし、攻撃的な言葉を向けられてもまったく堪えない。むしろ睨み返したり、冷静に言い返したりしているのだ。

子供が母親の再婚相手や恋人を嫌うようなものだろうか。それは理解できるとして、十歳児相手に本気で妬《や》く昂大が心配だ。

やれやれと思いながら、浩夢は翔真と手を繋いで眠りに落ちた。

翔真は夜は休日前になるとやってきて、そのまま泊まっていくようになった。理由は最近、怖い夢を見るから……というものに変わった。どうやら浩夢の特性を誰かに聞いたか気づいたかしたようだ。おかげで昴大の機嫌が悪いことこの上ない。目に見えてイライラし、ラルフから「そろそろ店に出すのやめようかな」と言われる始末だ。

異変は客もとっくに気づいている。昴大のかもし出す不機嫌さは客が萎縮《いしゅく》するレベルになっているので、本当に引っ込めるしかないかもしれない。

「よし、寝た」

休憩時間のあいだ、浩夢はバックヤードにできた仮眠室で翔真の面倒を見ていたのだが、すでに眠かったらしい翔真は五分もしないうちに眠ってしまった。子供らしくない部分があるとはいえ、やはりこういうところは幼いなと思う。

毛布をかけて、代わりにやってきた雪乃と交代する。眠る翔真を見て、彼女はあからさまにほっとしていた。どう扱ったらいいのかいまだにわからないのだという。

フロアに戻ると、ちょうどオーダーを取ってきた昴大とすれ違った。

顔が怖い。とても接客していい顔ではなかった。

「え？」

すれ違おうとした途端、浩夢は腕をつかまれる。そのまま腕のなかに閉じ込められ、噛みつくようなキスをされた。

悲鳴が遠く聞こえた。

舌がねじ込まれ、くちゅくちゅという音がする。逃れようとしても顎をがっちりとつかまれて無理だった。

（バカやろーっ）

いくらなんでもこれはない。腰を抱くのも髪へのキスも大概だと思ったが、客の前でキスなんかしてどうやってフォローするつもりなのか。

じたばたともがいているうちに助けが来て、浩夢は昂大ごとパーティションの陰へと退避させられ、さらにバックヤードまで連れてこられた。

さすがに昂大は浩夢から引き離されていた。

そのとき初めて、眠ったはずの翔真が起きていて、じっと自分たちを見ていることに気が付いた。

もしかして、翔真が見ているからあんなことをしたのだろうか。

仮眠室の改装に伴い、アリスは従業員休憩室にも改良を加え、小窓から店内の様子が窺《うかが》えるようにしたのだ。もちろん店からは見えない仕組みだ。

「……わざとか？」

浩夢が低く問いかけても昂大は答えなかった。

とにかく公衆の面前ですることじゃないのは確かだ。昂大には悪いと思っていたから不機嫌になれば宥《なだ》めていたし、普段の夜は好きにさせていたのに、それでは不十分だったようだ。

「なにやってんだよ反省しろよ」

「……」

さすがにバツが悪いらしく、昂大はなにも言わない。大人げないことも、常識外れの行動を取ったことも、一応自覚しているようだ。

「しばらく俺に触るの禁止な」

二度目の接触禁止に昂大は眉根を寄せた。だが反論はしてこなかった。

前回とは違いタイミングは見計らうつもりでいる。前回は五日で死にそうになっていたから、せいぜい三日というところだろうか。あれから昂大に詳しく話を聞いた結果、五日目から急激に体調が悪くなったらしい。

コンコンとノックの音がして、ラルフが苦笑を浮かべて入ってきた。

「二人とも今日はもういいよ。昂大はとてもじゃないけどお客さんの前に出せないし、浩夢くんはいやだろ？」

「いえ、大丈夫です。俺は出ます」

こうなったらいっそ、なにごともなかったような顔で働いてやると決意し、浩夢は昂大を置いて店へと戻った。店内にいる全員の視線が集まったが、浩夢はぺこりと頭を下げて近くのテーブルの空いた食器を片付ける。

やはり素知らぬ顔はできなかったし内心恥ずかしかったが、それが少し顔に出ているところがよかったと、後からアリスに言われた。

昂大の暴挙による余韻は閉店まで消えることはなく、普段より何倍もの疲労を感じつつ浩夢は最後の客を見送った。

ドアが閉まった途端、思わず大きな溜め息が出た。

「お疲れ」

労るように肩を叩いてきたのは明剛だった。浩夢は曖昧に笑うことでしか返事ができず、ふらふらと椅子に座った。

さすがに今回ばかりは同情の視線が多かった。

そんななか、アリスがやってきて向かいの席に座った。

「ところで浩夢は怒っておるのか？」

「そうでもないんだけど、反省はさせなきゃと思ってさ」

二人きりのときならばよほどのことがない限り許すつもりでいるが、人前はいただけない。まして子供が見ていたのだ。

「教育上よくないし」

「まぁ……そうとも言えるな」

なにやら含みのある言い方をし、アリスは目を細めて笑う。あれから彼女は翔真を連れて部屋へ行き、寝かしつけて戻って来たのだ。おそらくなんらかの術を発動し、強制的に眠らせたのだろう。

食欲がないので、食事を断って先に上がることにする。

「あのさアリス。俺、三日だけ翔真のとこで寝泊まりすることにしたから」

「それはいい薬だ」

「だろ？　慣れてもらわないと困るんだよ、ほんと。せいぜい中学上がるまでって言ってるのに、あいつ全然納得しないっていうか……してるのかもしれないけど我慢できないし」

「年齢なぞ、私たちにとってはあまり意味がないからな。そのせいもあるのかもしれん」

子供は瞬く間に大きくなり、本人が望む時期から時間がゆっくりになる。翔真がどんな選択をするかは不明だが、おそらく十年ほどで昂大との年齢差は意味をなくすだろう。浩夢に至っては外見年齢を超される可能性が高い。

浩夢はほんの少しだけ納得し、軽く頷いた。

それでも現状は大人と子供だ。やはり反省と慣れは必要だと、あらためて心に決めた。


翔真の通う小学校は、ビルから二十分くらい歩いたところにある。

ビルがあるのは商業地区だが、最近ではマンションもできているし昔ながらの住民もいる。そして隣接している地区には住宅街があり、小学校や中学校もあった。

翔真の登下校は、基本的に一人だ。最初の日だけ璃子が付き添ったが、道は覚えたからと二日目からは一人で学校へ行っている。近所には小学生が誰も住んでいないので登校班はなかった。

だから今日、浩夢が一緒に帰ろうとしたのはたまたまだった。

珍しく外へ出る用事があり、さらに目的の場所が小学校の近くだった。時間的にも、下校時間ちょうどだったのだ。

だが気がつけば、見知らぬ場所に転がされていた。

ガチャンという音がして意識は戻ったものの、一瞬なにがなんだかわからず、薄暗く埃《ほこり》っぽい場所でしばらくぼんやりしていた。

だが自分のすぐ横に翔真が横たわっているのを見て、焦って彼に触れてみる。外傷はないし、呼吸は穏やかだ。たぶん浩夢同様に眠っていて、まだ目覚めていないだけだ。

なにがどうなっているのだろうか。

確か運よく学校からすぐのところで翔真と合流できて、嬉しそうな顔をしてくれた彼に少し微笑ましい気持ちになって、ちょっとだけ寄り道をしようかと脇道に入ったのだ。その先には最近できた古民家カフェがあり、雪乃から話を聞いて先日昴大と行ったばかりだった。

人通りは少なかったが、けっして危険な道ではなかった。あのときだってかなり前方だったが、子連れの親子がのんびりと歩いているのが見えていた。

(そうだ、車が来て)

すっと隣にワンボックスカーが横付けされてぎょっとしたことを覚えている。ドアが開いて、男たちが出てきて……。

つまり浩夢たちは誘拐されてしまったらしい。

冷静にそう判断できるのは、いつのまにか普通ではない環境に慣らされてしまったせいだろうか。誘拐などという、明らかに異常事態だというのに。

そんなことを考えていると、頭がクリアになってきていろいろと思い出した。引きずり込まれた車の色は白だったとか、運転手は声からして女性だったような気がするとか、全部で四人いた気がするとか。

そもそもなぜ誘拐されたのか。浩夢に心当たりはまったくないし、あの口ぶりからすると、目当てが翔真のみだったのは間違いなさそうだ。

途中で意識がなくなったので不確かだが、犯人は男女二人ずつの四人組だったはずだ。もちろん実行犯だけの数なので、ほかにもいないとは限らないけれども。

（そういえば……）

口を白い布で塞がれ、揮発《きはつ》する薬品を吸ってしまったことも思い出す。意識を奪う薬のなかには副作用や後遺症が強いものだってある。以前なにかで読んだか見たかしたことがあった。そもそも薬なのだから、程度の差こそあれ副作用があるのは当然だろう。

（変な薬じゃなきゃいいけど……）

浩夢はまだしも身体の小さい翔真が心配だ。仲間たちにはアリスの術がかかっていて害あるものは取り払われ――つまり強制的にデトックスされている状態だというが、いま現在もそれは有効なのだろうか。毒と薬の境界はものによっては曖昧だ。人によっても違うし、薄いか濃いか、あるいは服用期間で違う場合だってある。

（……うん、考えても仕方ないか。戻ればなんとかしてくれるはず）

とにかく脱出、あるいは救出してもらう方法を考えねば。

なにか手がかりはないものかと室内を見まわし、早々に諦めた。金属製のドアが一つと、木製のドアが一つ。前者が出入り口で後者はトイレだろうと判断する。窓はない。排気口はあるが、天井近くにあって土台になるようなものはなく、鉄格子がはまった状態だ。しかもビスでしっかりと留められている。

広さは二十畳ほどあって、そこそこ広い。落ちているものはほとんどなく、浩夢たちが寝かされていたウレタン製の古びたマットのほかは、一枚の毛布と大きなペットボトルの水が二本と紙コップ、そしてパンが数個と菓子が置いてあるのみだった。

こうして生きているのだから、すぐに殺す気はないのだろう。帰す気があるかはともかく、猶予《ゆうよ》があるのは間違いない。

浩夢は翔真の手を取り、目を閉じた。誘拐犯たちの目的が翔真であれば、彼の夢からなにか情報が得られるかもしれない。

覗きこんだ夢では、翔真は見知らぬ家のなかにいた。部屋には白い布でこしらえた簡易的な祭壇があり、四人分の写真が並んでいる。

事故で亡くなったという翔真の親類だろう。葬儀のときには入院していて、翔真自身はこの光景を実際には見ていないはずなのに不思議なことだ。

部屋には中年の男女が四人いた。そのなかの二人の男に浩夢は見覚えがあった。

（さっきの誘拐犯じゃん……！）

四人は喪服を身につけていたが、どう見てもその顔は身内の死を悼《いた》んでいるものではなかった。つまり彼らは、翔真にこんな夢を見せるほど、普段から故人たちとの関係が悪かったか、そう感じさせる部分があったということだろう。

だが彼らが何者かはわからない。ただの知り合いか、親戚か。祭壇の前に四人だけいるからといって関係性は絞れない。なにしろこれは夢なのだから。

（そう言えば、伯母さんの兄弟ってのが金に困ってるとか言ってたような……）

遺影の写真と二人の男はどことなく似ているように思えたが、外と連絡が取れないのでは、これらの情報も無意味だ。荷物はすべて奪われているし、外へ出る方法もなさそうだ。ドアが開くかはまだ確認していないものの、するだけ無駄なような気がする。

ふいに夢が消えて、翔真が目を覚ました。

「翔真、大丈夫？　どっか痛いとか気持ち悪いとかない？」

「……ない」

答えた後、翔真はじっと浩夢の顔を見て、それから室内を見まわした。表情はまったく変わらなかったが、やがて小さく息をついた。

「これって誘拐？」

「たぶんね。その、心当たりある？」

しばらく考えこむような素振りをした翔真が、やがて冷めた声で言う。

「……死んだ親戚の、親戚だよ」

「あ、やっぱり」

伯母の兄弟たちはたまに遊びに来ていたのだという。そのたびに翔真を、ゴミを見るような目で見ていたのだと。

「俺が金持ちの篠塚さんの親戚になったから、誘拐して身代金取ろうって考えたんだと思う」

翔真を引き取りに行ったときのことは、明剛や璃子からも聞いていた。その際、間に入った篠塚が病院の経営者と知った途端、態度を変えたことも。

「だからって、そんな安易な……」

「しょっちゅう金せびりに来てたよ。カツカツなんだ、あの人たち。なんか取り立てとか、結構ヤバいって話してるの聞いたことある」

「あーそれで追い詰められて、ってわけか。うーん……でもなんで俺まで連れてきたんだろ。予備の人質かな」

調べれば浩夢が篠塚の後見を受けていることはわかるだろう。昨日今日で養子になった翔真よりは、浩夢のほうが人質として有用だと思った可能性はある。

「ま、翔真が一人で誘拐されちゃうよりはマシだけどね」

「俺は浩夢を置いてってくれたほうがよかった」

怒ったように言われて、思わず目を細めてしまった。小さくても男だなと感心すらした。きっと巻き込みたくなかったのだろう。

それでも浩夢はよかったと思っている。たった一人でこんなところに翔真を閉じ込めておきたくなかった。

「どうにかして、外と連絡取らなきゃな」

「でも、どうやって？」

「それなんだよね」

こういうとき、つくづく役に立たない能力だと思う。もしこれで昴大だったら相手の欲望を吸い取って行動を操って、ここから逃げ出すことだってできた。ラルフやアリスはなんとでもなりそうだし、篠塚や璃子は、そもそも相手の意識を操れるから簡単だろう。凜斗は記憶を喰ったついでに弄れるから、やりようによっては逃げ出すことも可能かもしれない。

(双子は異常に身体能力高いし、雪乃さんは……うん、あの人は無理だ。でも俺もダントツで使いどころがないなぁ……)

溜め息をつきながら翔真を見て、思い出した。おそらく明剛と同類、あるいは近いだろう翔真は動物を使うことができるはずだ。ただし覚醒していればの話で、いまのところその兆候は見当たらない。

浩夢はふっと息をついた。ないものを考えても仕方ない。できることを考えて行動しなければ。

「よし」

立ち上がってドアのところまで歩いて行き、ノブを捻《ひね》る。施錠されているのを確かめてから、ドアを叩いた。

「誰かいませんか？」

声を張ったが応答はなかった。無視しているのかとドアに耳をつけるが、特に音は拾えなかった。気配には疎《うと》いので、人がいるかどうかもわからない。

すると翔真がやってきて、同じように耳をつけて目を閉じた。

「たぶん誰もいないよ」

「なんでわかるんだ？」

「なんとなく。人がいるかどうかくらいは、わかるんだ」

深く理由を尋ねるのはやめた。わかるというのだから、そうなのだろう。古い血を持つ者たちに、いちいち根拠を求めても意味はないのだ。

「そっか。見張りも置いてないってことか」

「信じるの？」

「聞いてるだろ？　俺たち、みんなちょっと変わってるって」

まだ子供だからと、ラルフはオブラートに包んでいろいろ説明したという。聡明《そうめい》な翔真は、きちんと理解はしたようだと聞いている。ただもちろん実感は薄いのだろう。自らの肉への欲求についてはおおいに納得していたらしいが。

「時間もわからないな」

数時間なのか一日たっているのか、意識を失っていた時間もまったく読めなかった。朝か夜かもわからないとなると、人の動きを予想することも難しい。

時間をおいてまたドアを叩いてみようと決め、浩夢はマットに戻った。ほかに座るところがないので仕方なかった。

「ちょっと寒い」

「おいで」

震えるほどではないが、じっとしていると寒さを感じた。くっついていれば少しは暖が取れるだろう。

それから何時間たっても状況は変わらず、ときどき翔真が様子を見ても気配は感じられないと言うことだった。手分けをして部屋の隅々まで調べたが、外へ繋がるのは金属のドアと排気口のみで、役に立ちそうなものは発見できなかった。

シングルベッド用のマットと毛布一枚が、浩夢たちに与えられた寝具だ。防寒用品でもある。

「食べる？」

「水だけね。俺は翔真の夢を食べたから大丈夫」

だが翔真にとっての「食事」はここにない。パンや菓子では胃が膨れても生命維持のエネルギーにはならないのだ。

ここに長くいるわけにはいかなかった。

「俺も何日かは大丈夫だと思うよ。肉なんて毎日もらってたわけじゃなかったし」

彼の場合は給食が生命線だったようだ。それがなければもっと早くに倒れて病院に担ぎ込まれていたかもしれない。

ある意味そのほうが周囲も早く異変に気づいた可能性は高いけれども。

水と菓子パンを翔真に渡し、浩夢は手を止めた。

(昴大、大丈夫かな……)

「食事」のことを思い出し、昴大の顔が過る。

接触禁止を言い渡してから誘拐されるまで二日。それからどのくらいたっているかが重要だ。このまま帰れなかったら、昴大が大変なことになってしまう。

「浩夢？」

「あ、うん。早く帰らなきゃって思って」

あの排気口は外れないのだろうか。外れたとしても人が通れるような大きさでないことは承知だ。だが金属のドアは鍵《かぎ》穴もなく、体当たりしたくらいでどうなるものでもない。壁はコンクリートだし、トイレも脱出口はなかった。

浩夢は無理に意識を昂大のことから切り離し、現状を打破するために考え始めたが、そんな彼を翔真はじっと見つめ、やがて言った。

「……もしかして、あいつのため？」

「え？」

「璃子から聞いた。昂大ってやつ、浩夢の気持ちを食べないとダメなんだってね。それしか受け付けないって言ってた」

「……そうだよ」

璃子はきわめてソフトな表現で説明したようだ。十歳の子供に欲望なんて言いづらかったのだろう。いい配慮だと思った。

「じゃあこのまま何日も帰れなかったら、あいつ死んじゃうんだな」

不穏なことを呟いて、翔真は浩夢から目をそらした。それは途方に暮れた小さな子供のような、あるいは大きな葛藤《かっとう》を抱えた大人のような、不思議な印象を抱かせる。

翔真が浩夢に好意を抱いていることは知っていた。親を慕うようなものでないことも、もう気づいていた。

昂大はただ気に食わないだけでなく、翔真にとって恋敵だ。邪魔者なのだ。

「翔真……」

もちろん目の前の翔真も大切に思っている。可愛いし、特別という意識もある。

だが昂大も浩夢にとって特別な存在で、いろいろ問題はあるしケンカもするけれども絶対に手を離したくない、ただ一人の相手だ。

浩夢の心をよくも悪くも激しく乱すのは昂大だけだった。

しばらくして翔真は溜め息をついた。

「わかった」

「な……なにが？」

「ずるい手は使わない。浩夢、悲しむし……」

そう言うやいなや、翔真は目を閉じて黙り込んだ。意味を問おうとしたが、迂闊《うかつ》に声をかけられない雰囲気になって浩夢は固唾を飲んでそれを見守った。

やがて小さな鳴き声が聞こえた。

（ネズミ……？）

はっとして鳴き声がしたほうを見ると、排気口に一匹のコウモリが姿を現した。

ぽかんと口を開けて見ているうちに、翔真はコウモリに近づいていき、じっとその目を見つめた。なにか対話をしているようでもあり、ただ睨んでいるようでもあった。

やがてコウモリは排気口の奥へと消えていった。

「……まさか、もう力が使える……？」

一連のできごとを見ればそうとしか思えなかった。

「みたい。一応、明剛からいろいろ聞いてたんだ。なんかできそうな感覚だったからやってみた」

「そ……そっか」

覚醒は劇的なものではないらしい。浩夢もいつの間にかという感じだったし、昂大も自然と自覚したようなことを言っていた。

納得はしたが、少しがっかりした。力に目覚めるというのはもっと特別なもののように思っていたからだ。自分のことは棚に上げ、そう思った。

「えーと、それで、なんでまたコウモリ？」

「飛べるし、暗いとこも平気そうだったから」

「ああ……」

夜だった場合は鳥類だと具合が悪いし、ネズミは長距離の移動に向かない、ということだ。さすがの選択だ。近くにいないかと呼びかけたら、応えてくれたのだという。

メルヘンだ、と思った。動物と交流できるという翔真と明剛の力は、仲間のなかでもとりわけメルヘンチックではないだろうか。

「眠い……」

時間的な問題か力を使って疲れたのか、翔真はあくびをしてマットの上にごろんと横たわった。

浩夢は膝枕をしてやり、毛布を掛けて髪を撫《な》でてやった。

寝息はすぐに聞こえてきた。嫌な夢を見ていないだろうかと気になって、十分に時間がたってから夢に潜り込んでみると、今度も見知らぬ家のなかの光景だった。狭いアパートのようだ。

どうやら翔真の目線だ。ベッドに横たわっていて、母親に頭を撫でられている。具合が悪いのか、母親は心配そうだ。

もう一人、近くに人がいて、彼女はその相手と話している。だが会話の内容はまったくわからない。ただ話している、というのがわかるだけだった。

女性は写真で見た母親に間違いなかった。

もう一人の人物は、四十歳くらいのスーツを着た男だ。目元が翔真に似ていて、愛おしそうに翔真を覗き込んでいた。優しい、父親の顔だった。

翔真は手を伸ばし、襟のバッジを弄る。乳児や幼児にありがちな行動だ。浩夢はそのバッジを見つめ、その意匠《いしょう》を覚えた。

しばらくすると男は帰っていき、二人だけになった。

男の薬指には、指輪が光っていた。おそらく不倫だったのではないだろうか。両親の仲は悪くなかったが認知はされなかった、あるいは母親が望まなかったということだ。

翔真は父親の顔を知らないと言っていたが、記憶の深い部分で眠っていただけなのだろう。

それからしばらく翔真の夢を見ていたものの、母親しか出てこなかった。買いものに行ったり遊びに行ったりと、母親との場面ばかりが続いた。

さすがに浩夢もうとうとしてきて、座った姿勢のまま眠りそうになったとき――。

「え？」

音が聞こえて目が覚めた。響くようなそれは近くからではなく、遠くのものが伝わってきている、という感じだ。

眠っていた翔真もぴくりと動いて目を覚まし、じっとドアの向こうを見つめた。だがそこに緊張感はなく、どこか安堵《あんど》しているふうだった。

「助けが来た……？」

「うん。ほら」

指さす方向を見ると、排気口に野ネズミらしきものがいた。つまりあれは先触れなのだ。少なくとも明剛がいるに違いない。

間もなくして、金属のドアからガチャガチャという音が聞こえた。そうして外から勢いよく開き、一筋の風が吹きこんだ。

「浩夢……！」

真っ先に飛び込んできたのは昂大で、後から凜斗と明剛、そして璃子が続いた。

大股《おおまた》で近づいてきた昂大が、ものも言わずに浩夢を抱きしめる。痛いくらいだったけれども、心配させたのだから仕方ないと我慢した。

ぺしり、と手を叩く乾いた音がするまで続いた抱擁は、昂大の舌打ちで終わった。終わったと言っても少し緩んだだけだが。

「邪魔すんな、ガキ」

「浩夢が苦しそうだろ」

この状況でまた言いあいかと呆れていると、不意に昂大が翔真も抱き込んで、大きな息をついた。

「無事でよかったぜ。一応ガキもな」

「ついでかよ」

ムッとしつつも翔真の声は柔らかい。浩夢も力が抜けてしまい、へにゃへにゃとした気の抜けた笑みを浮かべることしかできなかった。

監禁場所から出て、そこが古いビルの地下だったことを知った。外は暗く、時間は夜の十時なのだと教えられた。思ったより時間はたっていなかったし、場所もそう遠くはなかった。

「やっぱ薬とか、効きにくいのかな」

目が覚めるときに聞いた音は犯人がドアを閉める音だったのだろうから、あの薬は数十分しか効かなかったわけだ。監禁場所がもう少し遠くだったら完全に目が覚めていたことだろう。それはそれで面倒なことになったかもしれないが。

昴大たちと一緒に来た凜斗と璃子は、あやかと一緒にラルフたちと合流すると言って別行動になった。誘拐犯の始末をつけるためだ。

こちらに来たメンバーの選択は完璧だと言える。万が一に備え、意識ごと操れる璃子と記憶を弄れる凜斗、そして身体能力に優れたあやかが選ばれた。ここには見張りがいなかったが、いた場合にそれを制圧する必要があったからだ。

いまも運転している明剛は言うまでもなく道案内だ。大活躍のコウモリは、助手席ドアの上に付いているバーからぶら下がり、車の揺れにあわせてゆらゆらしていた。

「コウモリはちゃんと明剛のところに行けたんだね」

「うん。賢い子だったよ。このままうちの子にしてもいいかなって思ってるけど、翔真に聞いてからにしようと思って」

「えっと、俺はいいです。たまに遊びに行くだけで」

「そう？　じゃ、うちの子にするね」

こうやってどんどん動物が増えていくのだと納得し、浩夢は隣に座る昴大に微笑みかけた。彼が来たのは能力的なこともあるが、感情的な問題が大きいのだろう。じっとしていられず、ラルフとアリスも待機させるのを諦めたに違いない。

「ところで大丈夫？」

「あ？」

「絶食」

「明日くらいまでならな」

「そっか」

変なところで真面目《まじめ》な昴大は、いまも相当空腹状態だろうに浩夢の欲を喰おうとはしない。さっきの昴大に少しときめいて、実は彼が欲しいと浩夢が望んでいるにもかかわらずだ。

試しにぎゅっと手を握ってみると指を絡めてきたから、かなりその気なのは確かなのだが。

（ちゃんとお預けしてる犬みたい……って言ったら怒るかな）

たぶん怒らないだろうな、とひそかに笑う。

浩夢の反対側の隣では翔真がもの言いたげな顔をしていた。

「ん？　寝ててもいいよ？」

「……今日、一緒に寝てもいい……？」

おずおずと尋ねる翔真はとても可愛くて、思わずいいよと二つ返事でＯＫしてしまいそうになる。

実際そうしてやるべきなのだろう。

だが浩夢は困ったように微笑んだ。

「翔真が眠るまでなら、部屋にいてあげられるよ」

「ずっとは？」

「ごめんね。それは無理なんだ」

可哀想だとは思うけれど、隣で飢えている恋人を放り出すわけにはいかないし、誰より浩夢自身がそうしたい。

翔真は残念そうに、だが聞き分けよく引き下がった。

そのうちにやはり眠かったのか限界が来て、浩夢が膝に導いてやるとすぐに眠りに落ちてしまった。

いくら大人びていても十歳児、それも発育が少しばかり遅いお子様なのだ。

「強《したた》かなガキだぜ」

「将来有望だよね」

十年もしないうちに昂大を余裕であしらうようになるに違いない。目に見えるようで思わず笑ってしまった。

ビルに着くと翔真は眠ったまま明剛に抱えられ、家に戻っていった。その後ろをコウモリが飛んでいくのがとてもシュールで、かつファンシーだった。

「おまえはこっち」

昂大は浩夢を助手席に戻すと、ハンドルを握って走り出してしまう。

「なに？」

「今日は外で泊まりだ。邪魔されちゃたまんねぇからな」

浩夢もそれは否定できなかった。眠ったと思った翔真の訪問を受けたのは一度や二度ではない。偶然なのか、なにかの力が働いているのか、必ず浩夢たちがいい雰囲気になったときばかりなのだ。

「いいよ。泊まろ」

連れ込まれたホテルは、浩夢の想像とは違ってモダンできれいで、まるで普通のホテルのような雰囲気だった。いかにもいかがわしい雰囲気を漂わせているタイプを覚悟していたので、少しだけテンションが上がった。

「わ、やっぱ風呂はでっかいんだ。やたら低いけど、丸いのはおもしろいよね。ちゃんと洗い場があるのはいいなぁ」

バスタブが埋め込んであるような形で、縁と洗い場の高さが同じだ。バスタブは二人で入っても余るほど大きい。

「入ってこいよ」

「うん。あそこ埃っぽかったんだ」

「俺はちょっと着替え仕入れてくる」

「あ……うん。ありがと。よろしく」

浩夢は汚れた服を脱いでシャワーを浴びた。大きなバスタブにも興味があったので、湯を張るあいだに髪と身体を洗い上げた。

ゆっくりと湯に浸かっていたら、昂大が入ってきた。深夜まで空いている総合ディスカウントストアが近くにあったので、下着と服は無事入手したらしい。

昂大は簡単に身体を洗うと、当然のようにバスタブに入ってきた。広いから問題はないが、早速密着してくるのは彼がギリギリの状態だからだ。

浩夢を後ろから抱きしめると、振り向かせる形でキスをしてくる。触れあった舌先から、たちまちじんと痺れたような感覚が肌を伝っていく。

いつも不思議に思うのは、欲望を喰われたからといって浩夢のなかから彼を求める気持ちがなくならないことだ。喰われている感覚はあるのに、身のうちに生まれて渦巻いている欲は変わらない。あるいは止めどなくあふれてくるから、なのかもしれない。

昂大に触れられると、浩夢はひどく堪《こら》え性のない人間になってしまう。もっと触って欲しくて、感じさせて欲しくてたまらなくなる。

だからこそ人前でのキスや過剰な接触を拒否しているのだ。蕩《とろ》けて浅ましくなる自分を、昂大以外に見られたくないから――。

「んっ……ぁ……」

舌を吸われ、胸と下腹部を同時にまさぐられる。性急なのはそれだけ飢えている証拠だ。「食事」としてだけでなく昂大が貪欲《どんよく》になっているのがわかった。

「がっつく、な……って」

「無理」

キスの合間に一応言ってみるがやはり意味はなかった。今度は唇の代わりに耳を舐《ねぶ》られ、手と舌とで何カ所も同時に愛撫《あいぶ》される。

声を抑えろというほうが無理な話だった。水音と浩夢の喘ぎ声がまじりあい、響くそれらに羞恥心が刺激される。だがそれもすぐ快楽のなかに消えていった。

のぼせないようにとでも思ったのか、昂大は湯のなかから浩夢を引き上げて洗い場に横たえた。そうして開かせた脚のあいだに迷うことなく顔を埋める。

「ぁあっ……う、んっ」

浩夢も相当気分が高まっていたせいか、いつもより蕩けていくのが早いように感じた。

前は唇や舌で、後ろは指で弄られて、浩夢はあっという間にとろとろになって喘ぐことしかできなくなる。

なかでうごめく指が気持ちいい。前を吸われて舌で撫でられると、ぞくぞくとして身体中の力が抜けてしまう。

いつもよりは早く、だが十分に時間をかけてから、昂大は浩夢のなかに入ってきた。

「あ、あっ……」

ただ気持ちよかった。開かされる感覚も、苦しいほどの圧迫感も多少の痛みも、浩夢にとっては快感でしかない。

そのまま幾度となく突き上げられ、浴室に嬌声《きょうせい》を響かせた。

ベッドに場所を変えてからも、意識が飛ぶほど何度も穿《うが》たれ、いかされた。回数なんて覚えていない。ただ理性をかなぐり捨てて本能のまま抱き合った。

たまには場所を変えるのもいいな、なんて昂大が楽しげに呟いていたような気もするが、浩夢の記憶は曖昧だ。

ただ少しだけ、それもいいかなと思ってしまった。

さんざん喘いで苦しいほどによがって、何度目かの絶頂の後、浩夢は意識を失った。

夢のなかは穏やかで温かく、そして甘い空気で満ちていた。自分の夢は昔からなんだか曖昧で、はっきりしないものが多い。なのに夢のなかだとわかってしまうし、思考もできるのだ。

もちろん自分の夢を喰うことはできない。コントロールはできるが、しようとも思わない。

(寝よう)

思考を手放してゆっくりと意識を沈み込ませようと思っていると、ピリッとした甘い痺れによって目が覚めた。

「っぁ……」

疼くような、あるいは痛みのようなそれ。

正体はすぐに知れた。後ろからまわっていた昂大の手が、浩夢の乳首をぎゅうっとつまんでいたのだ。さらに耳を噛まれ、舌先がぞろりと孔に入ってきた。

「こ、昂大っ……」

「起きたか」

「ぁんっ、ん、ちょっ」

後ろから抱きしめられたまま一度に何カ所も愛撫され、浩夢は喘いだ。寝起きでされることじゃないはずだった。

しかも身体は繋がっている。浩夢が愛撫に反応して締め付けるたび、なかのものが大きくなるのがわかってしまう。

「五時間寝かせてやったんだから、いいだろ。続きだ、続き」

「ばっ……あぁっん」

「身体はのほうは準備ＯＫだな」

「人が寝てる、あいだに……突っ込むなよぉ……っ」

朝っぱらから喘がされるのは初めてじゃないものの、過去のそれは互いに普通に目覚めた後、なんとなくそういう雰囲気になって、だった。こんなふうにすでにのっぴきならない状態になっていたわけではない。

十分な膨張をしたのに、昂大が動き出す気配はなかった。ただそのままで、浩夢の胸や耳をいじりまわしている。

「寝てるあいだに、っつーか、入れっぱなしだった」

「なっ……」

「なんか離したくなくてさ」

だったら普通に抱きしめていろ、と返そうとして、言葉は嬌声に変わった。なかをかきまわされ、突き上げられて、文句どころか意味のあることさえ言えなくなる。

気持ちがよくて、たまらなかった。

キスがしたくてしょうがなくて、身を捩《よじ》って求める。ねだるように顔を寄せると、昂大は愛おしげに目を細めて唇を結び合わせてきた。

「ん、んっ」

結局許してしまう自分の甘さに呆れながら、これも惚れた弱みなんだろうかと諦める。相手が昂大だから、流されてしまうのだ。

(いや……じゃ、ないし……)

つまりはそういうことだ。自分だけが昂大の特別であることに浩夢は喜びを感じている。昂大の嫉妬も独占欲も、呆れつつ受け入れてしまうのは嬉しいと思っているからだ。

そして執拗に求められることにも。

「ひ、ぁっ……う……!」

ずるりと引き抜かれ、浩夢は濡れた声を上げる。

昂大は浩夢を仰向けにして身体を繋ぎ直し、今度は激しく細腰を穿った。昨晩の行為などなかったように、それは貪欲だった。

絶頂とともに注がれる熱い奔流に甘い悲鳴を上げて、浩夢は昂大の広い背中に思いきりしがみついた。

翔真の父親が特定できたと聞いたのは、誘拐事件からわずか三日後——浩夢たちが家に戻った翌々日のことだった。昼間の事務所で、浩夢は昴大と並んで報告を受けた。

発見ではなく特定と言った意味はすぐにわかった。

「七年前に亡くなってたよ。浩夢くんの推測通り妻帯者だった」

「やっぱり……」

浩夢が記憶した襟章から、まず会社が判明し、そこから辿《たど》っていったという。

襟章の話をして絵に描いたのは帰宅してからだったので、実質二日足らずで見つけ出したということになる。

すでに翔真にも話したが、特に表情も変えずに聞いていたそうだ。

実感はないのかもしれないし、夢で見たことで複雑な気持ちなのかもしれない。彼は吹っ切れたような顔で、家族はここにいるからと言ったらしい。

「それで、犯人たちどうなりました？」

「記憶を消して、二度とこっちに関《かか》わらないようにしてきたよ」

「そうですか」

警察沙汰《ざた》にしなかったことについては納得している。記録に残されてしまうといろいろ面倒が増えるからだ。

だが納得できない部分は当然あった。

「そんな不満そうな顔しないの」

「だって、記憶消すだけで無罪放免なんて……子供にあんなことしといて」

心の傷にはなっていないようだが、それは結果論だ。たまたま翔真が普通の人間ではなかったことと、浩夢が一緒だったから無事だったに過ぎない。

「腹の虫が収まらないのはみんな一緒だよ。もちろんタダではすまさないから安心して。彼らには篠塚さんのところで働いてもらうから」

「ええと……？」

頭のなかに強制労働という言葉が浮かんだ。顔にもそれが出ていたので、ラルフは困ったものを見るような顔で笑った。

「真っ当な労働だよ。ただし人が嫌がる仕事だ。精神的にも肉体的にもキツいし、募集かけても人が集まらないようなね」

「真面目にやるかなぁ。逃げちゃうんじゃゃ？」

「逃げないように精神干渉するから大丈夫。でもほかはそのままだから、どんなに嫌な仕事でもやらなきゃ、って思ってやらざるをえないわけ。もちろん相応の給料はでるし、法外に労働時間が長いなんてこともないよ」

借金はけっして返せない額ではないらしく、篠塚が一本化して彼に返す形で働いてもらうようだ。返済完了の暁にはきちんと解放するという。

「それと、ここからが重要」

「はい」

ラルフの声がトーンを変えたので、浩夢は居住まいを正した。続く話の内容は想像がつかないが、神妙な顔で言葉を待った。

「翔真の父方の家系から、仲間が二人見つかったよ」

「え……」

「二十五歳と三歳の母子《おやこ》だ。翔真にとっては父親の従姉妹《いとこ》と、又従姉妹ってことになる」

同じ血筋からはやはり見つけやすいようだ。とはいえ親から子へと遺伝することは稀《まれ》だと言われてきた。ユベールと浩夢、そして今回の母子によって、通説は覆されつつあるというが。

「マジか」

ずっと黙っていた昂大がそれだけ呟いて息を吐き出した。立て続けに新たな仲間が見つかったことに相当驚いているようだ。

「浩夢くんのおかげだよ。仲間の発見と保護は、なにより優先されることだからね。戸籍とか記録とかを作ったり変えたりするよりも大事なことなんだ」

ラルフの言葉がじんわりと染みてくる。おまえでもちゃんと役に立てるのだと言われたような気がして、自然と笑みがこぼれた。

「満足したら、もう事務所で働くなんて言うなよ」

昂大が手を握ってきて、からかうように言うものだから、浩夢はつい応酬してしまう。

「だからって昼間で起きられないようなことするなよ」

「それは無理」

肩をすくめる昂大にポーズで睨《にら》み付け、浩夢は握られた手をぎゅっと握りかえした。

あとがき

ようこそカフェ・ファンタジアへ。括弧笑い。

また微妙な特殊な人間ものです。最初はがっつりと人外にしようかと考えていたんですが、能力と固有の食べもの程度になりました。

今回の話は、浩夢《ひろむ》が各スタッフのコスプレに突っ込みを入れるシーンが最初に生まれ、そこから広げたものです。恋愛とかもう全然関係ない部分がスタートというのも、よくあります。なかには出落ちのような冒頭だけ考えて、それからまったく広がらないことも……。

今回の〈カフェ・ファンタジア〉のようなコンセプトレストランですが……その走りとも言えるお店に、もうずいぶんと前に行ったことがありまして。当時は内装とメニューだけがそれっぽく、従業員さんは普通だったんですよね。そのとき「店員もコスプレさせればいいのになー」と思ったわけです。そして先日テレビでその店が取り上げられたので見たら、かなり個性的なキャラクターの人が投入されておりました。いや、うん……そうなんだけど、そうじゃない感。なんというか、某閣下の影響を受けているのか？　と思えてしまうキャラでした。でも楽しそう。

さて、カバーコメントでも書いたお掃除ロボット・ブ○ーバくん。超働きものです。というか、私が働かせている。とにかくうちの猫は毛がもの凄く抜けるので、掃除が大変なんですよー。拭き掃除用のロボットなんですけども、掃除終了後のシートを見ると、うちの床ゴミの九十五パーセントは猫毛であるとよくわかります。いや、もっとかも。

ちなみに猫はブラー◯くんが働いていると、興味津々で見つめ、ときにはちょっかいを出し、ときにはぶつかられて驚いたりしてます。猫VS◯ラーバくんも楽しい今日この頃。

いっそ作中みたいに、パパッときれいにしてくれる魔法があればいいのに、と思ってしまう。いやそんな便利なもの、誰だって欲しいでしょうけども。

とりあえず主人公カップルの能力は欲しいとも思わない。なんだろう、私的にはメインの二人がダントツでいらない能力だった(笑)。動物と意思の疎通がはかれるとか、素敵やん。いや知らないほうがいいこともあるか。

今回、ふたたびカワイ先生にお世話になりました。主人公たちはもちろん、脇を固めるキャラたちも、とっても魅力的に描いてくださってありがとうございます～！　なんかこう、表紙に今回の世界観がすべて表れている気がします。可愛い～。

最後に、ここまで読んでくださいましてありがとうございました。また次回、なにかでお会いできましたら幸いです。

きたざわ尋子《じんこ》

初 出

カフェ・ファンタジア	2017年 リンクス5月号掲載を加筆修正
ファンタジーは日常に	書き下ろし

はがゆい指《はがゆいゆび》

きたざわ尋子
イラスト：**金ひかる**
本体価格 870 円+税

この春、晴れて恋人の朝比奈辰柾が所属する民間調査会社・JSIA の開発部に入社した西崎双葉。双葉は、容姿も頭脳も人並み以上で厄介な性格の持ち主・朝比奈に振り回されながらも、充実した日々を送っていた。そんななか、新たに JSIA に加わったのは、アメリカ帰りのエリートである津島と、正義感あふれる元警察官の工藤。曲者ぞろいの同僚に囲まれたなかで双葉は…。

リンクスロマンス大好評発売中

君が恋人にかわるまで《きみがこいびとにかわるまで》

きたざわ尋子
イラスト：**カワイチハル**
本体価格870円+税

会社員の絢人には、新進気鋭の建築デザイナーとして活躍する六歳下の幼馴染み・亘佑がいた。十年前、十六歳だった亘佑に告白された絢人は、弟としか見られないと告げながらもその後もなにかと隣に住む亘佑の面倒を見る日々をおくっていた。だがある日、絢人に言い寄る上司の存在を知った亘佑から「俺の想いは変わっていない。今度こそ俺のものになってくれ」と再び想いを告げられ…。

恋で せいいっぱい《こいでせいいっぱい》

きたざわ尋子
イラスト：**木下けい子**

本体価格 870 円+税

男の上司との公にできない恋愛関係に疲れ、衝動的に会社を退職した胡桃沢怜衣は、偶然立ち寄った家具店のオーナー・桜庭翔哉に気に入られ、そこで働くことになる。そんなある日、怜衣はマイペースで世間体にとらわれない翔哉に突然告白されたうえ、人目もはばからない大胆なアプローチを受ける。これまでずっと、男同士という理由で隠れた付きあい方しかできなかった怜衣は、翔哉が堂々と自分を「恋人」だと紹介し甘やかしてくれることを戸惑いながらも嬉しく思い…。

リンクスロマンス大好評発売中

箱庭スイートドロップ《はこにわスイートドロップ》

きたざわ尋子
イラスト：**高峰 顕**

本体価格870円+税

平凡で取り柄がないと自覚していた十八歳の小椋海琴は、学校の推薦で、院生たちが運営を取りしきる「第一修習院」に入ることになる。どこか放っておけない雰囲気のせいか、エリート揃いの院生たちになにかと構われる海琴は、ある日、執行部代表・津路晃雅と出会う。他を圧倒する存在感を放つ津路のことを、自分には縁のない相手だと思っていたが、ふとしたきっかけから距離が近づき、ついには津路から「好きだ」と告白を受けてしまう海琴。普段の無愛想な様子からは想像もつかないほど甘やかしてくれる津路に戸惑いながらも、今まで感じたことのない気持ちを覚えてしまった海琴は…。

硝子細工の爪《ガラスざいくのつめ》

きたざわ尋子
イラスト：**雨澄ノカ**

本体価格 870 円+税

旧家の一族である宏海は、自分の持つ不思議な『力』が人を傷つけることを知って以来、いつしか心を閉ざして過ごしてきた。だがそんなある日、宏海の前に本家の次男・隆衛が現れる。誰もが自分を避けるなか、力を怖がらず接してくる隆衛を不思議に思いながらも、少しずつ心を開いていく宏海。人の温もりに慣れない宏海は、甘やかしてくれる隆衛に戸惑いを覚えつつも惹かれていき…。

リンクスロマンス大好評発売中

臆病なジュエル《おくびょうなジュエル》

きたざわ尋子
イラスト：**陵クミコ**

本体価格855 円+税

地味だが整った容姿の湊都は、浮気性の恋人と付き合い続けたことですっかり自分に自信を無くしてしまっていた。そんなある日、勤務先の会社の倒産をきっかけに高校時代の先輩・達祐のもとを訪れることになる湊都。面倒見の良い達祐を慕っていた湊都は、久しぶりの再会を喜ぶがその矢先、達祐から「昔からおまえが好きだった」と突然の告白を受ける。必ず俺を好きにさせてみせるという強引な達祐に戸惑いながらも、一緒に過ごすことで湊都は次第に自分が変わっていくのを感じ…。

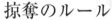

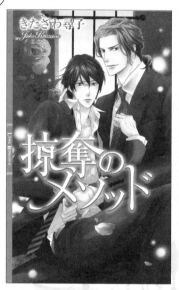

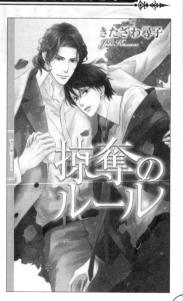

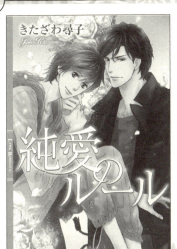

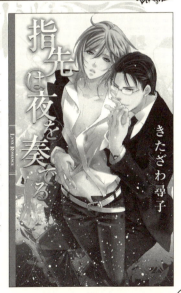

この本を読んでの
ご意見・ご感想を
お寄せ下さい。

〒151-0051
東京都渋谷区千駄ヶ谷4-9-7
(株)幻冬舎コミックス　リンクス編集部
「きたざわ尋子《じんこ》先生」係／「カワイチハル先生」係

リンクス ロマンス

カフェ・ファンタジア

2017年7月31日　第1刷発行

著者……………きたざわ尋子《じんこ》

発行人…………石原正康

発行元…………株式会社　幻冬舎コミックス
〒151-0051　東京都渋谷区千駄ヶ谷4-9-7
TEL 03-5411-6431（編集）

発売元…………株式会社　幻冬舎
〒151-0051　東京都渋谷区千駄ヶ谷4-9-7
TEL 03-5411-6222（営業）
振替00120-8-767643

印刷・製本所…株式会社 光邦

検印廃止

ISBN978-4-344-84026-3 C0293
Printed in Japan

幻冬舎コミックスホームページ　http://www.gentosha-comics.net